心 理 档 案 系 列

18号公寓

主编／秦森

新世界出版社
NEW WORLD PRESS

M市日报

18号公寓惊现连环凶案 警方全力侦查

近日，位于 M 市老城区的 18 号公寓接连发生多起命案，引发市民广泛关注。据警方通报，该公寓在短短两周内已有 3 名住户离奇死亡，案件存在诸多疑点，目前市刑警大队已成立专案组展开调查。

案件回顾：住户接连遇害，死因成谜

据悉，首起案件发生于 6 月 5 日，公寓 4 楼层住户林某（男）被邻居发现死于家中，现场无明显搏斗痕迹，尸体呈现异常僵硬状态，死因尚未公布。6 月 12 日，7 楼层又一名住户赵某（男）在夜间离奇坠楼身亡，但监控未拍到其坠楼过程。6 月 17 日，2 楼层住户唐某（男）被发现在房内窒息死亡，房间门锁完好，无外人闯入迹象。

居民恐慌：公寓被传“不祥之地”

接连发生的命案让 18 号公寓住户人心惶惶。部分居民反映，该公寓建于 20 世纪 90 年代，曾多次传出闹鬼传闻，此次案件更引发猜测。住户刘女士表示：“现在大家晚上都不敢出门，有人已经搬走了。”

警方回应：排除自杀可能，全力追查

M 市警方今日召开新闻发布会，确认 3 起案件存在关联，初步排除自杀可能，但具体作案手法及动机仍在调查中。刑侦专家指出，凶手可能熟悉公寓环境，且具备一定的反侦查能力。警方呼吁市民提供线索，并加强夜间巡逻。

目前，18 号公寓已被暂时封锁，案件仍在进一步侦办中。本报将持续关注事件进展。

——M 市日报 2025 年 6 月 20 日

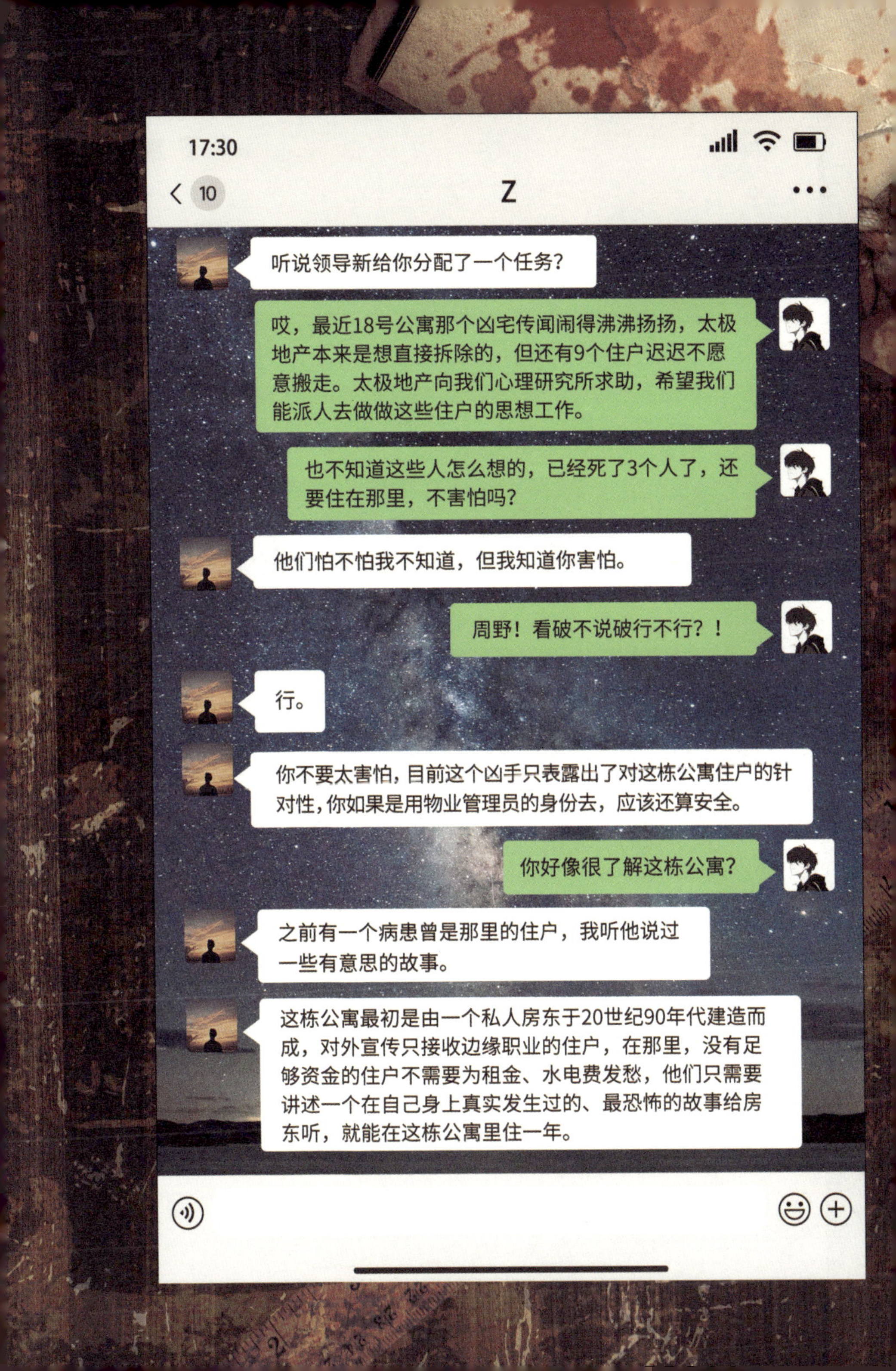
17:30
10
Z
听说领导新给你分配了一个任务？
哎，最近18号公寓那个凶宅传闻闹得沸沸扬扬，太极地产本来是想直接拆除的，但还有9个住户迟迟不愿意搬走。太极地产向我们心理研究所求助，希望我们能派人去做做这些住户的思想工作。
也不知道这些人怎么想的，已经死了3个人了，还要住在那里，不害怕吗？
他们怕不怕我不知道，但我知道你害怕。
周野！看破不说破行不行？！
行。
你不要太害怕，目前这个凶手只表露出了对这栋公寓住户的针对性，你如果是用物业管理员的身份去，应该还算安全。
你好像很了解这栋公寓？
之前有一个病患曾是那里的住户，我听他说过一些有意思的故事。
这栋公寓最初是由一个私人房东于20世纪90年代建造而成，对外宣传只接收边缘职业的住户，在那里，没有足够资金的住户不需要为租金、水电费发愁，他们只需要讲述一个在自己身上真实发生过的、最恐怖的故事给房东听，就能在这栋公寓里住一年。

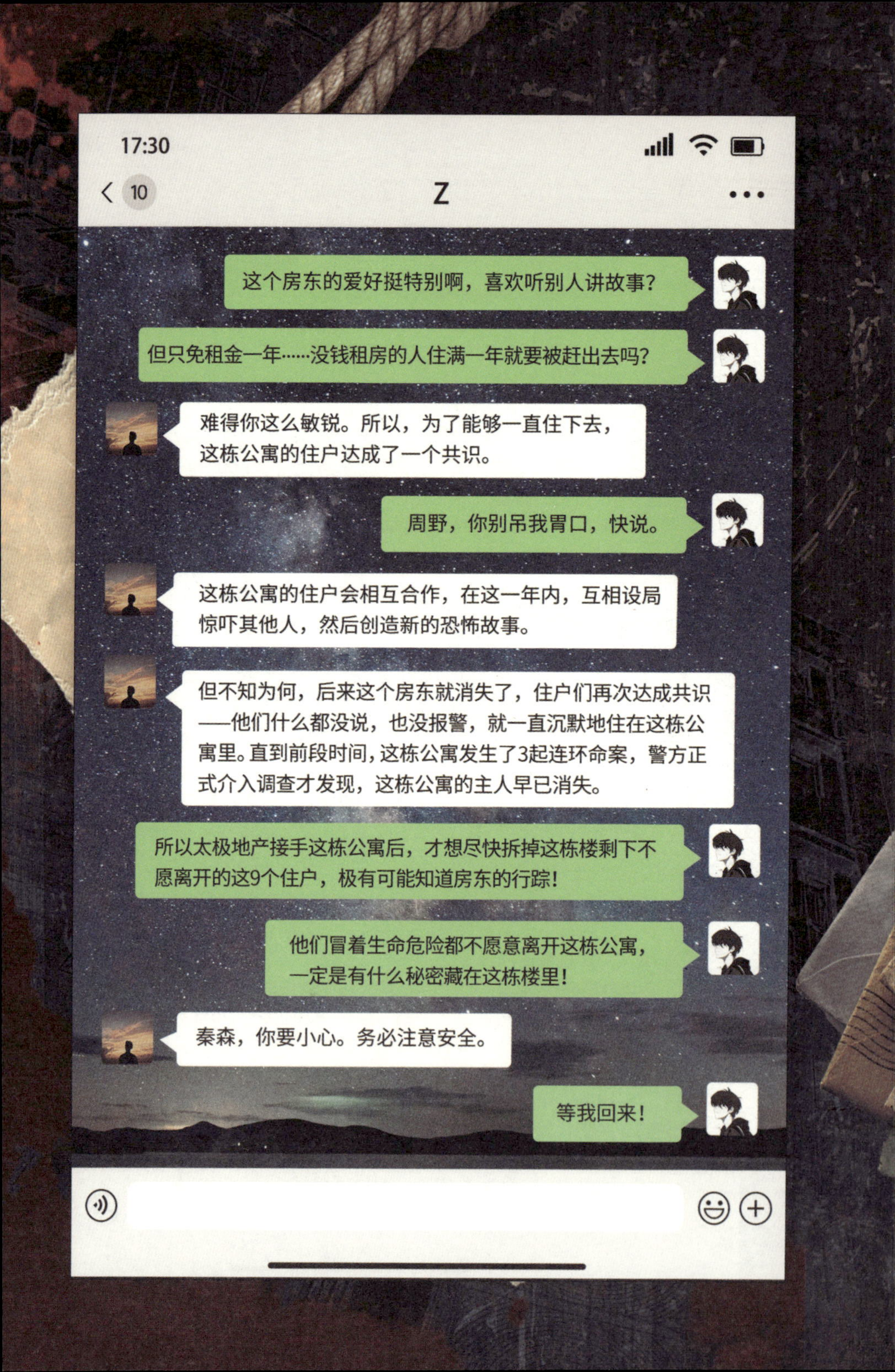
17:30
10
Z
这个房东的爱好挺特别啊，喜欢听别人讲故事？
但只免租金一年……没钱租房的人住满一年就要被赶出去吗？
难得你这么敏锐。所以，为了能够一直住下去，这栋公寓的住户达成了一个共识。
周野，你别吊我胃口，快说。
这栋公寓的住户会相互合作，在这一年内，互相设局惊吓其他人，然后创造新的恐怖故事。
但不知为何，后来这个房东就消失了，住户们再次达成共识——他们什么都没说，也没报警，就一直沉默地住在这栋公寓里。直到前段时间，这栋公寓发生了3起连环命案，警方正式介入调查才发现，这栋公寓的主人早已消失。
所以太极地产接手这栋公寓后，才想尽快拆掉这栋楼剩下不愿离开的这9个住户，极有可能知道房东的行踪！
他们冒着生命危险都不愿意离开这栋公寓，一定是有什么秘密藏在这栋楼里！
秦森，你要小心。务必注意安全。
等我回来！

录用通知书

OFFER LETTER

尊敬的__________先生 / 女士：

您好！感谢您应聘 18 号公寓管理员助理 职位，我们非常高兴地通知您，您已通过面试，我们特向您发出正式邀请！

请接收您的入职大礼包：

1. 一张【公寓住户表】

2. 一份【监控视频记录表】

3. 一份【“18 号公寓”刑事档案】

现和您确认您的工作详细内容：

1. 因原有的【公寓住户表】丢失，请您上岗后熟读每位住户讲述的故事，对照【监控视频记录表】，找到每位住户的房号，重新填写【公寓住户表】；

2. 请积极配合警方及公寓管理员秦森，根据【“18 号公寓”刑事档案】中的信息，找到危害所有住户生命安全的凶手，并将“凶手姓名”发送至微信公众号“404 乐园”，帮助警方进行抓捕行动。

如有任何疑问，请发送“18 号公寓案件提示”至微信公众号，获取秦森留给您的攻略提示。

我们真诚期待您的加入，祝您在新的岗位工作愉快！

注：公寓已加强安保措施，警方 24 小时巡逻，会尽可能确保您的人身安全，请不要担心。

18号公寓 专用章

“404 乐园”微信公众号

目录

第一章 蜘蛛人 文/人间朝暮 p001

第二章 陪诠师 文/冬年 p021

第三章 生死线 文/狸猫合作社 p047

第四章 奇宝 文/渺无音 p065

第五章 最佳盟友 文/蓝筝 p083

第六章 灵车 文/白药箱 p113

第七章 分手代理人 文/狮心 p135

第八章 甲醛清洁工 文/量杯煮咖啡 p169

第九章 占房人 文/狸猫合作社 p189

18号公寓住客登记表

房间号：	[redacted]
租客姓名：	谭小东
性别：	男
年龄：	47
证件号码：	[redacted]
职业：	~~蜘蛛人~~ 自由职业
健康状况：	□良好 ☑有慢性疾病（请标注）：因事故引发精神疾病，患有被迫害妄想症
入住房客签字确认：	谭小东
入住时间：	[redacted]

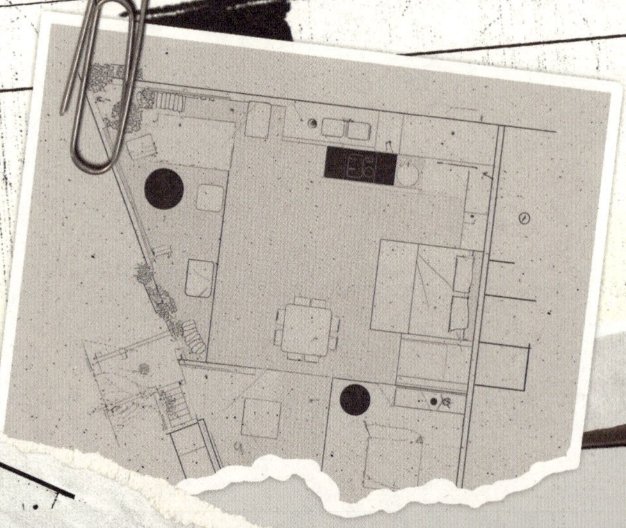

第一章

蜘蛛人

文/人间朝暮

第一章 蜘蛛人

1.

粉刷楼体外墙是我的工作，干这行的也叫蜘蛛人，严格来说这份工作是我的掩护。我的实际身份是一名小偷，我的原则是只敛财，可无意之间我成了杀人犯。

我和同伙老周分工明确，合作十年来配合默契，从未失手，海阳岛几桩大的盗窃案都是出自我俩之手。

平日里我会伪装成粉刷工，专门翻新修复小区年久失修的楼体外墙，通过阳台或者卧室玻璃窗观察每家每户的情况，寻找合适的盗窃对象。老周则根据我的情报从选中住宅的正门进入，他的撬锁技术是我见过这么多同行里最熟练的，他曾经买来各种锁在家里练习开锁，有门锁、车锁、抽屉锁……而我，总能为他提供最准确的情报。我们就像一对完美的齿轮，严丝合缝地咬合在一起。

但是今天我想单独行动，因为我发现上次偷来的钱被老周私吞了一部分。我也是看新闻才知道的，新闻报道的数字和他拿回来的金额对不上，少了五万现金。我没有戳穿他，我需要暂时维持搭档关系，因为我需要他高超的撬锁手艺。

我盯上了世安嘉园5号楼1604，那是一个相当完美的目标：屋主是一名独居女性，出门时间规律，楼下监控摄像头年久失修。今晚是我在她家窗户外面踩点的第五天，今天还没有异常的话，明天我就会自己潜入这个房间。

晚上9点我坐在吊具上，油漆桶挂在腰上，我缓缓收放绳索，从楼顶贴着外墙缓缓下降，“20，19，18，17，16……”我在心里默数着楼层，她的屋子黑着，我正奇怪为什么她这么晚还没回来，突然，她打开门，摇摇晃晃地栽倒在沙发上，脚上的高跟鞋没来得及脱就睡着了。

我挂在半空耐心等待十分钟后，从工具包里摸出一颗小石子，轻轻弹向玻璃。

石子撞击玻璃发出清脆的声响，我屏住呼吸，仔细听着屋内的动静。她在沙发上睡得香甜，丝毫没有察觉。我看着阳台半开的窗户，心里有了另外一个想法。

我迈进阳台，熟练地解下安全扣，拉上阳台窗帘，蹑手蹑脚来到客厅。

屋里酒味浓烈，鬼知道她在外面喝了多少，我把门反锁，终于有机会近距离地看这个女人。她的脸颊呈椭圆形，皮肤娇嫩光滑，嘴唇也很饱满，红红的，身材修长，胸部丰满，腰身显出柔美的曲线，脚上那双水钻一字带高跟鞋在吊灯下闪烁。她嘴里呢喃着什么，我凑近听，是个人名，好像是子轩。

我确认她沉醉不醒后，把她抱在身前。喝多了的人比常人要沉得多，我把她放到卧室床上后身上已经汗湿透了。卧室里有一种淡淡的香水味，干净整洁，不像有男人居住的样子。

我仔细观察着屋里的陈设，百叶窗、衣柜、梳妆台、床头柜。

我正要逐个翻找昂贵物品，女人在床上翻了个身，栽到了地上，头撞在地板上发出一声闷响。

我心生怜悯，想把她抱回床上，凑近她的面部时却感觉不到女人的呼吸。我突然有了不好的预感，我把手指贴在她鼻孔下方，这才发现女人已经停止了呼吸——她死了！

老实说，虽然我做下那么多案子，但从不伤人性命，更没见过死人。那一刻我慌了，只想赶紧逃离这个房间。

打开阳台窗户，这么一会儿工夫，外面竟然下起了暴雨，这对我的撤离造成了很大阻碍。我颤抖着把自己绑在吊具上，用最快的速度收紧滑轮。

雨水像子弹一样砸在我的脸上，我死死抓住 16 层外墙的排水管，指节因用力而发白。

闪电划破夜空，瞬间照亮了我脚下的深渊——五十米的高度，足以让人粉身碎骨。

我的安全绳在狂风中摇晃，发出令人牙酸的摩擦声。这套装备是我从黑市买的二手货，现在我开始后悔为了省钱没买新的。

雨水顺着绳子流下来，我低声咒骂："该死！"

我试图用腿钩住排水管，但我的特制手套已经开始打滑，这种防滑手套在干燥时很好用，一旦沾水就变得像抹了油一样。

突然，一阵狂风袭来，我的身体猛地向右侧倾斜。安全绳发出“咯吱”一声，我感觉到腰间的锁扣松了一格。冷汗混着雨水流进眼睛，我使劲眨了眨眼。

我咬紧牙关，使劲拉拽绳子，吊具载着我开始向上移动。雨水让墙面变得像镜子一样光滑。我的靴子已经湿透了，每一步都像是在冰面上行走。

我咬紧牙关，用指甲抠进墙缝，等重心稳住后把自己拉向楼顶，到达顶楼后我顾不上庆幸自己死里逃生，解下吊具仓皇逃离。

2.

“世安嘉园 5 号楼 1604，这家我盯了一个礼拜了，只有一个女的，看打扮像是有点底子的，值得跑一趟。”我和老周在出租屋里商量着明天早上的计划。

“跟之前一样，我开锁进屋，你放哨。”我点点头，老周露出势在必得的笑容。“看你面色不太好，这么点小活儿不至于紧张吧。”说着，他同时点燃两支烟，递给我一支。

我接过来贪婪地嘬着，双手仍旧控制不住地颤抖，我担心老周注意到我刚才被外墙蹭破的伤口，叼着烟回了卧室。

第二天早上起了很大的雾，能见度极低，整个海阳岛被阴霾笼罩，楼门口有老头在下象棋，棋子砸得棋盘脆响，周围还围了四五个看他俩下棋的。

我混入他们中间，死死盯着楼门口进出的居民。

“她走了，咱们上。”我给老周发了信息，他戴好口罩从小区外面进来，我俩分别坐两部电梯先后来到 16 楼。

“咔嗒”，老周撬开了 1604 的门，我低头看表，只用了三分半，老周一脸得意，我比了个大拇哥。

我站在电梯门口放哨，他溜进去。

我计算着老周的作案速度，他应该快搜到卧室了。客厅通常不会存放私人物品，所以他搜房子的重点是屋主的卧室。

突然，他从房子里冲出来，我还没来得及反应，他就一脚踹开消防门，从楼梯间跑了下去。

“鞋掉了，撤！”楼梯间里传来老周的呼喊，那是我俩约定的暗号，“鞋掉了”代表有意外情况。我按下电梯下行键，不慌不忙地等着数字爬升到 16，然后乘坐电梯下楼。

“屋里有具尸体，女的！那女的就没走，你认错人了！你想死别拉着我！”这是我下楼后收到的短信，也是老周消失之前给我发的最后一条消息。

我心里悬着的石头落下了一半，老周吓得自己跑了，都没等我，这还是十年来我头一次看他吓成这样，不知道尿没尿裤子。

我心里一阵窃笑，自己走出了小区。

出租屋里空无一人，衣柜上的行李箱没了，老周应该已经跑路了。

我要开始我的第二步，我得让我心里那块石头彻底落在地上。

我把老周的枕头放在台灯下面仔细翻找，半个小时才找到五根头发，还不够，我又从他的帽子上找到了几根。

老周有刘海，我是寸头，衣服上的长头发肯定是他的。我用密封袋把头发装好，又从桌子上拿走了老周喝了一半的矿泉水离开出租屋。

我站在5号楼楼顶，那天晚上我惊慌之下没来得及收走的吊具还在，绳子凌乱地堆在地上，我有条不紊地理顺绳子，把油漆桶挂在腰上，确保锁扣都扣好后坐在楼体边缘，戴好防滑手套熟练地放下绳子。

中间途经别人家阳台时还碰到有人正在阳台晾衣服，我正要拿出桶里的刷子假装刷墙，却发现刷子上的涂料早已凝固，对方没怀疑，抱着衣服回屋了。

“18，17，16。”我来到1604室的阳台外面，窗户和那天一样半开着，我套好鞋套，从阳台进到客厅，然后径直来到女人的卧室，我不想在房间里多逗留，伪造好现场就赶紧撤，在死人的房间多待一秒都是晦气。

我从兜里掏出密封袋，捏出几根头发放在女人的衣服上，又拿出几根缠绕在她的手指上。

把那瓶矿泉水放在茶几显眼位置后，环顾四周，我总感觉房间里有点古怪，好像女人死后除了老周和我，还有别人来过，也可能是我在疑神疑鬼。

确认没有遗漏后，我从阳台吊离了那个是非之地。

事情走到这一步是我千算万算都没想到的，只要不伤人进监狱蹲个十年八年也就出来了，谁能想到那女的这么不经摔，头磕到地板直接死了。

说实话我真不忍心让老周替我背这个锅，我俩一起共事十年了，我知道干这行的动感情是大忌，但要说一点感情没有也是假的，谁让他上次私吞了五万现金，是他先无情，那就别怪我无义。

3.

三天之后，世安嘉园5号楼门口停着几辆警车，很快楼下就被警戒线围了起来。

我很奇怪为什么尸体这么快就会被人发现，于是我假装小区居民混进警戒线外凑热闹的人堆里，一打听才知道派出所接到匿名电话，提供的信息显示世安嘉园5号楼1604的住户疑似在卧室身亡。

我愣在原地，出了一身冷汗。之前总感觉我周围有一双眼睛注视着我的一举一动，原来并非我疑神疑鬼。看来这件事除了我和老周，还有第三个人知道，而我，现在成了那个人的猎物。

我右手捂在胸口，心脏怦怦跳动，想起那个女人在沙发上提到的人名：子轩。

应该是子轩吧？她说的是这两个字吗？我强迫自己冷静下来回忆着那模糊的声音。

很快，警察根据女尸身上残留的毛发和矿泉水瓶上的唾液将嫌疑锁定在老周身上，小区周围的电线杆上贴满了老周的通缉令，警察正式成立专案组调查海阳岛“413杀人案”。

老周自从那天丢了魂似的跑出去后就人间蒸发了，我在网上试图搜索更多关于“413杀人案”的细节，然而所有信息全被警方封锁了。

现在的刑侦技术已经十分成熟，不像刚入行那时候，指纹提取都得靠粉末和胶带，效率低且容易破坏痕迹。

听说现在用的都是化学方法，好像叫碘熏法，我还上网了解过具体原理，是利用碘蒸气与指纹中的油脂反应，生成棕色指纹。

连续一个月的阴雨天让整个海阳岛笼罩在潮湿中，连空气都能拧出水来。

远处的海面一片灰蒙蒙的，与铅灰色的天空连成一体，分不清哪里是天，哪里是海。

我回到出租屋时天已经黑了，街上没什么人。我进门先把床垫下面的瑞士军刀放进裤兜里，然后打开行李箱，把我用得到的物品都装了起来，装不走的就拿黑色大垃圾袋装起来扔到两个路口外的垃圾站。

扔垃圾时，我反复确认周围的环境是否安全，直觉告诉我，那个人就在周围，我右手藏在裤兜里，一刻也没有离开过匕首，确认没人跟踪后才回到出租屋并且锁好屋门。

房顶上好像有踩枯树叶的声音，我屏住呼吸，立在房间中央，昂起头看着天花板。

突然一声猫叫响起，铁皮房顶上传来一阵动物的脚步声，是野猫。

我大口呼吸，把匕首狠狠地扎在床板上，身上惊出了一身冷汗，衣服湿漉漉地贴在皮肤上，我把屋里收得只剩下老周的东西，确保警察找到这个房子也看不出我的居住痕迹后出了门。

这个地方不出意外我再也不会回来了，我把门锁上，把钥匙狠狠地扔到房顶上，惊到了刚才那只野猫。它叼着一个黑色塑料袋从房顶跳下来，身体轻盈地落在地面，袋子顺着地势掉到我脚下。

我打开手电筒，解开袋子，发现是一根手指！我隔着袋子拿起那根手指，是一根食指，看着像男人的。

“不……”我的喉咙发紧，仿佛被人扼住了。

那根手指上有一道熟悉的疤痕，是去年老周为了救我留下的。当时我们在一处豪宅行窃，触发了警报系统，老周徒手掰断了带电的铁丝网，手掌被割得血肉模糊。

黑色袋子里还有一张纸条，上面用血迹斑斑的字迹写着：“下一个就是你。”

我心底最后的防线终于被凶手击破。我的视线开始模糊，耳边嗡嗡作响。

十年前的那个雨夜突然在脑海中闪现，老周站在天台上，朝我伸出手：“跟我干吧，保证让你吃香的喝辣的。”

那时的我们，一个是被开除的保安，一个是街头混混，却意外地成为最默契的搭档。

手指上的文身还在，那是我们第一次得手后一起去文的，是两把交叉的钥匙。老周说这象征着我们的合作无间。

现在，这把钥匙断了。

我死死盯着那截断指，只见指甲发青，切口参差不齐，显然是被钝器反复砍剁所致。

老周该有多疼……

胃部一阵痉挛，我扶着墙干呕起来。

那只猫睁着幽蓝的双眼在一旁凝视，鲜血染红了它嘴巴周围的毛发。

我用树枝挖了个小坑，把老周的手指潦草掩埋，起身正要返回出租屋时远处的路灯突然闪烁了一下，我猛地抬头，看见一个黑影从灯下掠过。

那身影快得几乎像是幻觉，但我确信自己看见了——一个穿着黑色风衣的人，戴着兜帽，整张脸藏在兜帽的阴影里。我的手不自觉地摸向裤兜，那是老周送我的那把瑞士军刀。

“子轩。”我喉咙发紧，试探着叫出那个名字，那人身体抽动了一下。

雨越来越大，为了确保声音不被雨水淹没，我鼓起勇气再次大喊。那人像一只受惊的野兽，转身消失在雨夜里。

我跪在地上，重新挖出老周的手指，沾了点雨水简单擦拭上面的泥土，然后把它连同那张几乎被雨水泡烂的字条一起装进塑料袋里，把塑料袋塞进行李箱后拖着箱子逃离。

十年了，我们从未失手，也从未想过会有今天。

是谁？

是那个女人的丈夫？

还是……别人？

警方有可能已经盯上我了，一旦我的身份证有了新的登记记录，他们会直接把我堵在宾馆。

我拉着行李箱躲到海阳岛大桥的桥洞下面，桥下面是一条小溪，溪边堆着几根粗大的混凝土管，混凝土管里的空气又湿又冷，我能感觉到后背的衣服已经和管壁粘在了一起。

我死死抱住膝盖，努力把自己缩成一团，生怕发出一点声响。耳边只剩下自己急促的呼吸，还有胸腔里疯狂的心跳声。我死死咬住下唇，直到尝到一丝血腥味。

我握着那把瑞士军刀整夜不敢合眼，外面的风声、水声混杂着，如同有人整夜在我耳边窃窃私语，我从没像今天这样渴望天亮。

又一阵眩晕袭来，我狠狠掐了一把大腿，疼痛让意识短暂清醒，可疲惫像潮水般一波波涌来，握刀的手渐渐发软，眼皮开始打架。

“就闭一下眼……”这个念头刚冒出来，我惊觉自己在妥协。但透支的身体已经发出决堤的信号，肌肉像被抽走了所有力气。

恍惚间，我看见管道口的光线扭曲变形，仿佛有人影晃动。

我想尖叫，想逃跑，可四肢像被钉在原地。

黑暗从四面八方挤压过来，在彻底陷入黑暗前，我绝望地想着：他找到我了。

4.

第二天，天蒙蒙亮，警笛声把我拉回现实，我的身上没有一处伤口，小刀就在手边。

我原以为刚才是一场噩梦，可管道口用来挡风的行李箱不见了。我昏睡时的确有人来过，那人还拿走了我的行李箱。

警笛声越来越近，我钻出水泥管道，沿着小溪疯狂逃窜，那是一处一人多高的芦苇荡，地势比溪岸高不少，桥洞下面的情形尽收眼底。

我跪在地上喘着粗气，刚才我藏身的桥洞下停了六七辆警车，警戒线在风中摇晃，刺眼的警灯将浑浊的河水染成红蓝相间的颜色。

我躲在远处的树丛中，法医们正在忙碌，他们的白色防护服上沾满了暗褐色的污渍。

死者的尸体……不，应该说尸块，散落在河滩上。我看到一块尸块被河水冲到岸边，是一只断手，那只惨白的手掌上还带着泥沙，手掌末端却只有四根手指，食指被去掉了！

是老周的手！

我的胃部一阵痉挛，想起那个装着老周断指的袋子。

凶手先砍下他的手指，然后再……我不敢再想下去。

我唯一能想到的可能就是凶手在复仇，或者说是在惩罚。我再不做出什么行动的话，或许真的像纸条里说的，下一个死的人就是我。

我瘫在芦苇荡里，不敢哭出声，双手攥成拳头拼命砸向泥土里，我的神经已经高度紧绷超过 24 小时，情绪已经处在崩溃的边缘。

5.

我站在警局门口，手指不停地颤抖。

雨水顺着我的头发流下来，浸透了衣领。我能闻到身上散发出的酸臭味，那是三天没洗澡的味道，也是恐惧的味道。

警局的玻璃门映出我的样子：双眼凹陷，胡子拉碴，像个流浪汉。

“我要自首。”我的声音沙哑得不像自己的。

值班警察抬起头，疑惑地看着我。我这才意识到自己的样子有多可疑：浑身湿透，眼神涣散，说话时嘴唇不停地发抖。

“你说什么？”

“我杀了人。”这句话说出口的瞬间，我感觉胸口的大石终于落地，“世安嘉园 5 号楼 1604，我……”

话还没说完，我就看到那天桥洞下面的一个警察从办公室里走出来。他制服笔挺，眉头紧锁。看到我的瞬间，他的表情里全是疑惑。

我双腿一软，跪倒在地。我伸手从口袋里摸出那把瑞士军刀，把它贴着地向远处滑去。

记忆如潮水般涌来：1604 那个女人的脸、装着老周手指和纸条的黑色塑料袋，还有桥洞下面的尸块……我的太阳穴突突直跳，耳边响起尖锐的耳鸣。

“我受不了了……”我捂住脸，泪水从指缝中流出来，“老周死了，是我害的……还有那个女人……”

我被戴上手铐押进了拘留室。

“慢慢说，”他示意同事拿来一杯水，“从头说起。”

我接过纸杯，水洒了一地。我的手抖得太厉害了，连杯子都拿不稳。

“是从那个下暴雨的晚上开始的……”我深吸一口气，“老周的断指……”

我向他们交代了我知道的所有事，警员飞快地做着笔录。

“我姓张，接下来我问一句你说一句。”他继续说，“监视你的那人长什么样，看清了吗？”

“黑色风衣，帽子把脸都挡上了。”我摇摇头，“再加上还下着大雨。”

“你同伙的手指头跟那纸条呢？”

我恍然大悟，早该想到那个人偷走我行李箱的目的。

“就在箱子里，他给偷走了！这下你们该相信了吧！”我双眼乞求地盯着他。

张警官叹了口气："证据呢？连老周的证据都是你伪造的，你让我们怎么相信你？还有陈晓莉的手机，是不是你拿的？"

我明确表示没有拿她的手机，然而他们对我的回答显露出了怀疑。

他从一个证物袋里拿出几张照片递给我确认，我转了转手铐，接过照片。照片是在那个女人家拍的，客厅、卧室、阳台，还有那具女尸。

我点点头，表示所有事都是从这个房间开始的。

警察刚要收回照片，"等等！"我从他手里抢回照片，抽出女人的尸体那张，说，"这尸体有问题！"

我闭上眼，仔细回想着那天的画面：女人躺在卧室床上，醉酒后想要翻身，却栽到了床下，我弯腰去把她抱起来的时候发现她没了呼吸，我直接逃离了现场。

"这尸体你们没动过吧？"我把照片翻过来朝着警察给他们看，张警官摇摇头说他们取证时都是第一现场。

"这尸体在我离开后有人动过，你们拍的照片里她在床上，我那天根本就顾不上给她搬回床上，直接跑了。"我斩钉截铁地说道。

"你同伙动的？"

"理论上不会是他，他当时进门看见尸体直接吓得爬了16层楼梯跑的，更不可能把那女的搬到床上去。"

"那是杀老周的人搬的？"做笔录的警察看向张警官。

拘留室的铁床冰冷刺骨，墙上的霉斑在月光下显得格外刺眼，像极了老周临死前瞪大的眼睛。

铁门被推开的声音在清晨显得格外刺耳，我蜷缩在拘留室的角落里，眼睛还没完全适应突如其来的强光。

“起来，提审。”

我认得这个声音，是张警官。他的皮鞋在地板上发出“咔嗒咔嗒”的声响，像一把锤子敲在我的神经上。

审讯室的日光灯管发出嗡嗡的响声，白光刺得我眼睛生疼。

我的手被铐在审讯椅上，金属的寒意透过单薄的囚服渗入皮肤。张警官坐在对面，黑眼圈很重，显然也是一夜未眠。

“法医连夜把陈晓莉的尸检报告赶出来了。”他翻开案卷，声音里带着疲惫。

“陈晓莉？”我的声音沙哑得不像自己的。

他抬头看了我一眼，目光锐利得像刀子。

我注意到他的右手食指有节奏地敲击着桌面，这是他思考时的习惯动作。

“就是被你害死的那个女人。”

我没有回答，目光落在审讯室的单向玻璃上。我知道那后面一定站着其他警察，也许还有检察官。

他突然站起来，走到我面前，将尸检报告摔在桌上。

纸张摩擦桌面的声音像一把锉刀，在我的神经上来回拉扯。我盯着那份报告，视线在“窒息死亡”几个字上停留了很久。

“根据胃内容物分析，死者体内酒精浓度达到 0.3%，”警察的声音平静，“她在坠地后仍有生命体征，死亡原因是呼吸道堵塞导致的窒息。”

我的手开始发抖，报告上的字迹变得模糊。

“如果你当时把她扶起来，”警察的声音从对面传来，“她可能还活着。”

我低下头，看到自己的手铐在灯光下泛着冷光。

那晚我也是这样看着自己的手，看着它们沾满罪恶，却什么都没做。

“她当时还有呼吸，”警察继续说，“如果你及时采取急救措施……”

我猛地站起来，手铐撞在桌面上发出刺耳的声响。警察立即按住我的肩膀，但我已经控制不住自己的情绪。

“够了！”我吼道，声音在审讯室里回荡，“别再说了，不可能！”

泪水模糊了视线，我仿佛又回到了那个房间。月光透过窗帘的缝隙照进来，在地板上投下一道惨白的光带。她就躺在那道光带里，身体微微起伏，像一条搁浅的鱼，而我，像个懦夫一样逃走了。

我的喉咙发紧，手心开始冒汗。审讯室的空调温度设得很低，但我却感觉浑身燥热。

6.

审判长敲下法槌的那一刻，整个法庭鸦雀无声。

我站在被告席上，手铐的金属边缘已经嵌进手腕的皮肤里，但我感觉不到疼痛。

“被告人谭小东，犯过失致人死亡罪，判处有期徒刑七年；犯盗窃罪，判处有期徒刑五年。数罪并罚，决定执行有期徒刑十年。”

法官的声音像是从很远的地方传来，我听到旁听席上一阵骚动。

余光里，我看到老周的妻子捂着脸抽泣，她的儿子紧紧攥着拳头，眼睛通红。

旁边还有老周的母亲，她苍老的手紧紧抓着座椅扶手，指节发白。我低下头，不敢看她的眼睛。

“经查，被告人于 2003 年 4 月 13 日晚，潜入被害人陈某家中实施盗窃。其间因疏忽大意，导致醉酒状态下的被害人从床上坠落，未能及时施救，致其窒息死亡……”

我的视线开始模糊，法庭的日光灯在眼前晕开一片惨白的光晕。耳边响起那个夜晚的声音：女人坠地时的闷响，还有我仓皇逃离时的脚步声，突然周遭回归寂静，我听到了她微弱的呼吸声。

“如不服本判决，可在接到判决书的第二日起十日内，通过本院或者直接向中级人民法院提出上诉……”

法警走过来，架住我的胳膊。我机械地转身，看到旁听席上闪光灯此起彼伏。记者们举着相机，快门声像是一声声枪响。

我在监狱的提审室里抽着烟，抽这根烟的时间是我这些天来最快乐的几分钟。

“杀老周的凶手抓到了吗？”我舔了舔干燥的嘴唇。

张警官沉默了一会儿，从公文包里拿出一份文件。文件边缘已经起了毛边，显然被翻阅过很多次。

“已经成了悬案。”他叹了口气，“所有的线索都断了。”

“我说的那个名字你们查了吗？”

“陈晓莉的亲戚、朋友都查了，没有名字里带子轩的。”

张警官从铁栅栏的空隙里又给我递了一根烟，“你是不是听错了？”

“不可能，我喊他的时候他明显有反应。”我表情坚定。

“但是……”张警官突然压低声音，“我们最近发现了一些新线索。”

“陈晓莉的老公常年出差国外，一走就是半年。再加上陈晓莉的手机一直没有找到，我们推测……”

“推测什么？”我顺着张警官的话说。

“先别想这么多了，这是我们警察该操心的，你踏实把剩下几年刑服完。”他说完转身离开了监狱。

7.

出狱那天铁门在身后关上时，我下意识地回头看了一眼。

十年了，这道门终于不再是我的牢笼。

阳光刺得我睁不开眼。我抬手遮挡，却看到一个人影站在不远处。

他穿着黑色风衣，戴着兜帽。即使隔着十几米的距离，我也能认出他——那个十年前站在出租屋旁路灯下看着我捡起老周断指的那个人。

“十年了。”他在我面前站定，声音沙哑，“我每天都在想，如果那天晚上我陪她一起回去……”

我抬起头，迎着阳光看向他的眼睛。记忆不受控制地涌上来：那个夜晚，月光下的女人，还有屋外的暴雨。

我站在原地，看着他一步步走到我面前，我突然意识到，老天对我的审判还没结束。

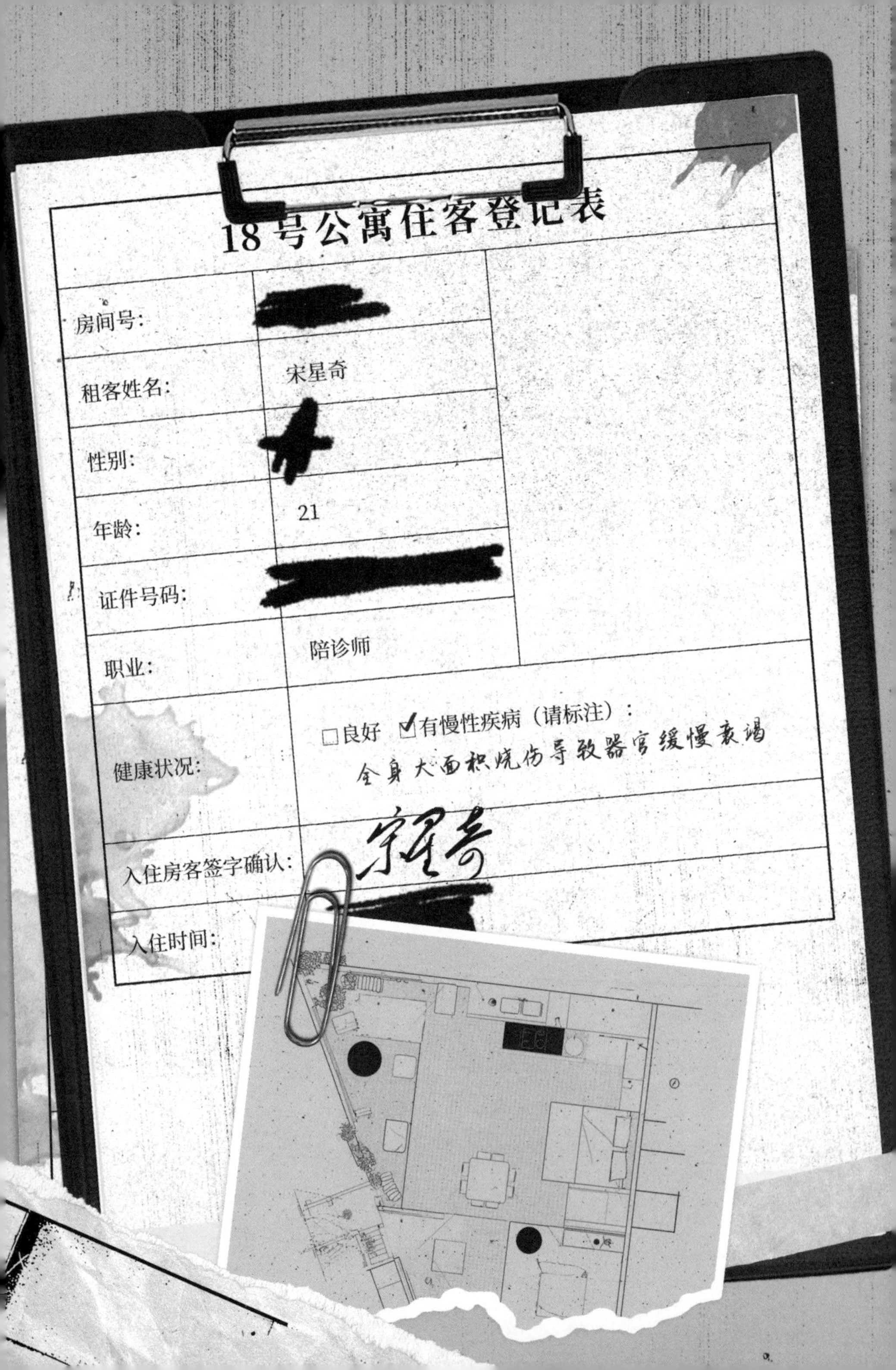

18号公寓住客登记表

房间号：	[redacted]
租客姓名：	宋星奇
性别：	[redacted]
年龄：	21
证件号码：	[redacted]
职业：	陪诊师
健康状况：	□良好 ☑有慢性疾病（请标注）：全身大面积烧伤导致器官缓慢衰竭
入住房客签字确认：	宋星奇
入住时间：	[redacted]

第二章

陪诊师

文/冬年

NO. 18 APARTMENT

第二章 陪诊师

1.

我是一名陪诊师，这是当下最适合我的职业。

这个新兴行业不用培训，无须考证，零门槛。只要有足够的耐心和体能，会营销自己，谁都可以胜任，恰好这三点我都做得很出色。

陪诊师服务的对象大多是些行动不便的人。与护工不同，我们更侧重于协助客户看病以及提供情感支撑。前者帮助治疗患者的身体，后者安抚患者的内心。

当病人家属把这些病人托付给我的时候，就像是将他们的命一并交给了我，在身份转变的那一刻，我有种油然而生的使命感。

今天要陪诊的是一名老顾客。出发前，我向窗外眺望了片刻，外面烈日炎炎，因气温过高，路上行人的身影都有一些扭曲，轮廓边缘升腾起融化的虚影。

我深吸了口气，贪婪享受着空气钻入肺部的感觉，随即拆开一包厚厚的口罩，忍着皮肤被汗水浸泡的刺疼，将半张脸隐匿在闷热的无纺布下。

好在这份职业需要天天往医院跑，大夏天装扮成这副模样也不会引起怀疑。

有段时间我很惧怕照镜子，这一状态在戴上口罩后缓解了很多。

临走前，我将头发束成马尾，对着镜子仔细端详，片刻后又把头发恢复成披散的样子。

太热了，得空了还是去理发店打薄，毕竟我这样子没办法将头发全部扎起来。

今天的顾客马飞鸿是一位神采矍铄的老者，年近七十岁，因为腿部患病，每天只能坐在轮椅上，需要定期来医院进行康复治疗。

他跟疗养院的院长宋大海似乎是旧友，每次都是宋院长咧着嘴亲自接诊，为其换药。

这是一家带有疗养性质的医院，不是什么有名气的三甲医院，地段偏僻，坐落在郊区，导致来的病患很少。

我曾询问过老人为什么选择来这种穷乡僻壤治病，对方只是爽朗一笑，说年纪大了，就喜欢安静一点的小地方，环境也好。

他是我接待过的最特殊的患者。跟其他孤寡老人不同，马飞鸿十分有钱，有自己的私人护工和司机。这样的人即便膝下无子无女也没必要专门找临时陪护，可他却执意要再寻一名外人陪诊。可能有钱人的思维就是让人捉摸不透。

我的职责很简单——从护工手里接走马飞鸿，陪他治疗，听他与宋大海絮叨情谊，跟着二人在后山湖泊旁散步，等傍晚时再将老人送到护工那里，一天的任务就算完成了。整个流程我都熟稔于心。

我全程都需要尽职尽责地跟在马飞鸿左右，唯独换药时却被命令不准陪同。

有一回，一名护士急匆匆要找宋大海签字，连门都没敲就直接闯了进去，几秒后直接被轰了出来。因为这件事，我的任务又多了一项——不能让别人在马飞鸿治疗的时候进入房间。

诊疗室在走廊尽头，我守在走廊入口，相隔了十几米远。我就像门神一样提醒每个试图进去的人：房间正在使用中。

尽头的诊疗室犹如潘多拉魔盒，我不能打开，也不能让别人打开。

2.

夏日午后，我已早早等候在疗养院大门旁——当陪诊师迟到可是大忌。

正值酷暑，暑气蒸得身体发烫，我将头发撩到耳后，扯了扯长袖，将胳膊捂得更加严实。

老远就看到一辆黑色商务车缓缓驶来。从私人护工手里接过马飞鸿，我感觉一阵恍惚，握上轮椅的把手，仿佛攥住了一个老人的命脉。

从这里到宋院长的办公室之间有段蜿蜒的上坡路，轮子与坑坑洼洼的地面碰撞，发出一声声脆响。

轮椅沉甸甸的，再加上一个人的重量，推起来还是有些吃力。我回头望了一眼走过的距离，要是现在忽然松手，轮椅应该会惯性后撤，然后连人带车一起栽下去吧。

正想得出神，耳边传来一声感慨。

“小姑娘，我上回说到哪儿了？”

又开始了。

马飞鸿特别喜欢讲述自己的生平事迹，这可能是老年人的通病。

从对方絮絮叨叨的片段中，我拼凑出了一个成功人士一生的缩影——年轻时光顾着打拼，朋友交了一堆，却没来得及成家立业。直到暮年他才幡然醒悟，觉得金钱如粪土，于是变卖家产回馈社会，资助了几家希望小学，退隐山林，开始安心养老。

陪诊师最重要的就是提供情绪价值。事情保不保真不重要，但态度务必要真诚，我感觉自己就像皇上身边的护卫，无论对方说什么都点头如捣蒜，把捧哏文化发扬到了极致。

因为零门槛，我们这行竞争激烈，只有患者满意度高了才有被再度点名的机会。马飞鸿出手阔绰，是我暗地里争取了很久才到手的顾客。

好在这次我们也顺利到达了院长办公室，中间没出什么岔子。

宋大海像往常一样早早守在门口迎接，看那翘首以盼的模样，不知道的还以为是领导来视察。

“时间还早，我先带你们去转转。”宋院长殷勤地做了个“请”的手势。

对于这位院长我略有耳闻。他半路改行，以前是做木工活的，手艺了得又为人宽厚，很受邻里街坊的尊重。如果养子不死，现在他应该是名出色的木匠。

宋大海早些年收养了一个男孩，父子二人相依为命，过了几年无忧无虑的快乐时光。可好景不长，一次家中失火，满地的木头成了帮凶，火势迅速蔓延，熟睡中的男孩醒来后发觉为时已晚。

听说最后房子都全部烧成了灰，连尸体都没找到，只有零碎的皮肤组织粘在地板上，黑黢黢的，看不出人体的形状。

痛失养子的宋大海自责不已，从那以后就改行从医，再也不碰木工这行当了。

这些都是小护士口中传的八卦。

疗养院后山上有一个大湖，这是散步必经之地，我们照例环湖一圈，在参天大树下避暑乘凉。

马飞鸿每次过来都要望着湖面抽几支烟，在吞云吐雾中大谈年轻时的豪言壮举。宋院长笑眯眯地听着，时不时点点头，附和两句。

幸亏我俩不是竞争对手，这拍马屁的功夫我望尘莫及。

“老宋啊，听说你这疗养院快拆了。”马飞鸿环顾四周，冷不丁的一句话让宋院长的笑脸僵硬了一下。

“小地方，没什么人来。”

“那你多宣传宣传啊。”他顺手将烟灰弹进了湖里，眉头紧蹙，“改造，扩建，升级医疗设施。我好不容易寻到这处地方，别让我失望。”

看得出老人十分喜欢这片山清水秀之地，他望向湖泊的眼神我很熟悉，就像古代帝王看着自己打下的江山。

后面的聊天氛围似乎不太愉快。我默默跟在他们后面，即便有树荫遮挡，整个后山依然热得像蒸笼，湖水仿佛都沸腾了起来。汗液顺着我的睫毛滴落，将口罩彻底浸湿，呼吸都变得沉重不堪。

宋大海像是注意到什么异样，停下脚步，扭头上下打量我，欲言又止，马飞鸿的视线也一并跟了过来。

我的心瞬间提到嗓子眼儿，终于，他斟酌着开口："你穿长袖还戴着口罩，不热吗？"

"防晒。"我擦了擦额头，一本正经地回答。皮肤在汗水长时间的浸泡下有些发炎，刺疼感若隐若现。

后山近期在修缮，路面不太平整，几级小台阶挡住了去路。

"这样，听口令，你抬左边我右边……"宋大海提议帮我一起搬轮椅，可话还没说完，我闷着头抢在前面，一鼓作气连人带椅子直接扛了起来，硬生生靠自己走上了这段阶梯。

对方都看愣了。

"小姑娘力气挺大，还很勤快。"马飞鸿笑着指了指我，似乎很满意。

我后怕地吞咽着口水，心有余悸。

好在事情按部就班推进，一切顺利。沿着后湖逛了几圈抵达诊疗室后，我像往常一样自觉退出来，守在走廊最外面。

日落时分，太阳摇摇欲坠，跌落到山头，半个小时过去了，我感觉这次治疗时间尤为长久。

忽然，前方一阵哄闹，医院门口送来了一名浑身是血的女人。白裙子被血染上了大片殷红，不断流淌的鲜红液体顺着行动轨迹滴了一路。

两名医务人员抬着担架从我面前急匆匆跑过，女人躺在上面，痛苦呻吟，胸口微弱起伏，鼻尖有一坨黑色的东西，不知是血还是痣。

有那么一刻，她睁开了双眼，我们四目相对。包含强烈情绪的眼眸看了过来，在对视的瞬间，化成滚烫的剑，直抵眉心。

她张着嘴，眼球凸出，双唇像失去水的鱼一样一张一合，奋力地汲取着空气中的氧气。

我被这诡异的目光看得有些发毛，内心竟滋生出恐惧与愧疚。

微风刮过，大热天的，我的后背居然泛起了一阵凉意。我下意识扭头看了一眼，身后是昏暗又空旷的楼道，视线最远处是诊疗室，老旧的白炽灯散发出微弱的光芒，悬吊在天花板上，随风微微左摇右摆，发出“吱呀——”的声响。

晚霞将天空撕裂出一道血痕。所有人自觉让路，担架片刻不停地被抬进急救室。

十几分钟后，对面大楼里一个身穿白大褂的男人急匆匆朝这边走来。我一看来活了，立刻打起精神，把手一横：“不好意思，治疗室有人在使用，任何人不得入内。”

对方剜了我一眼，没理睬，直接冲了进去。

就在我以为自己要失职时，走廊尽头房间的门突然打开，宋院长推着结束治疗的老人走了出来。

医生赶忙迎上去，压低声音：“来了个出车祸的女人，抢救无效，死了。”

3.

男人带着宋大海离开了，走廊里就只剩下我和马飞鸿。

一道辨不出情绪的声音从身旁传来：“我还想去后山的湖泊转转。”

雇主都这么说了，我只能照做。可不知是不是错觉，自从看到那个女人后，我总能闻到一股若有若无的血腥味。

这种腥臭味像是融入了医院的整个环境中，弥漫在泥土里、砖缝中、楼梯间……遍布各个角落，稍不注意就会钻入鼻腔。

我坐立难安，恨不得赶紧离开这里，于是加快脚步，推着轮椅直奔后山而去。

从诊疗室出来后，马飞鸿就一直心神不宁，没有了下午侃侃而谈的劲头，只是沉默着接连抽了几支烟。

天气转凉，夕阳最后一丝余晖也被地平线吞噬殆尽。

火星在黑暗中忽明忽灭，点燃了空气里的暴躁因子。

“……怎么还不……”

“您说什么？”我没听清，凑近了些。

“把宋院长喊过来。”

一个优秀的陪诊师会尽可能满足顾客的要求，跑来跑去就是我们的工作。

即便有些发怵，我还是咬着牙扭头就朝目的地赶，沿途经过的树木张牙舞爪，沙沙作响。一闭上眼就感觉有什么不可名状的东西在背后紧追不舍。

约莫十分钟后，随着先后两声“啊”，我跟宋大海撞了个满怀。

在表明来意后，他嘟囔了一句：“就知道会找我……”

我俩并排朝着湖泊走去，我在心内斟酌许久，还是忍不住发问：“院长，像今天这种尸体……要怎么处理啊。”

“停放太平间，联系家属，医院会先保管三到七天。”

“要是没人认领呢？”

“送殡仪馆。”

这小地方医院和殡仪馆都只有一家，二者提供了一条龙服务，经过家属同意后尸体会直接从太平间运往殡葬场，倒也省去了中间不少麻烦。

“那今天这个家属联系上了吗？”

“嗯。但对方说不会管，早就断绝关系了。”黑暗中，我看不清宋大海的表情，只觉得他的语气略显冷淡，“所以院方决定直接拉去火化。”

下午出车祸，晚上就火化，这速度也太快了。

我想起了女人哀怨的眼神，不免有些唏嘘，于是硬着头皮追问：“不多留几天吗，万一事情还有转机呢？”

“不行啊，太平间满了。”

“哦……那这样就没办法了。”

我点点头，忽然又意识到一个问题，一个偏僻到都没什么人来的小医院，太平间却满了？

病房都空了一大片的医院……太平间却满了？

我头皮阵阵发麻，脚下如踩到钉子般再也无法前进分毫。

不光是因为这句话，更是因为……有东西钩住了我的左侧裤腿。

宋大海在我右边，我左边是人工湖泊。

那拽我裤腿的东西是什么？

力道还在慢慢增加，越来越大，伴随着强有力的撕扯。

我双手颤抖，缓缓低下头，在视线聚焦的那一刻，心搏骤停——一只苍白的胳膊迅速从脚边抽了回去，钻到了湖面之下。

“啊！”我惨叫一声，连连后退。

这动静把宋大海吓了一跳，他莫名其妙地问：“你在瞎喊什么？！”

“有脏东西，在湖里……”我话都说不利索，颤巍巍指过去。

宋大海闻言嗤笑一声，在岸边蹲了下来，说：“哪儿呢？你眼花了吧？”

他左顾右盼起来，可下一秒，我俩都说不出话了。

仿佛是为了印证我慌乱的举动，那平静如水的湖面上，有什么东西一点点浮了上来。

先是如水草般的黑发，再是一双布满血丝的眼睛，翘挺的鼻梁……湖里居然出现了半颗人头。

空洞的眼眶直勾勾盯着我们。它就像鲨鱼的鱼鳍一样，从水面上划过，一点点接近，我瞧不清嘴巴之下的部分，可那鼻子上的黑色凝固物却让人记忆犹新——

这就是傍晚遭遇车祸的女人！

“你看到了吗……”宋大海声音都变调了。

话音刚落，它忽然加速直冲而来，寒风骤起，离岸边最近的宋大海率先遭殃，没意识到发生了什么就被拖拽了下去。

湖面顿时掀起层层翻滚的浪花。

他甚至连一声呼喊都没来得及发出。

恐惧的闸门一旦拉开就再也合不上，每个汗毛都在尖叫，我后退几步，一边嘶吼一边往回跑，濒死感激活了肾上腺素，脚下迸发出这辈子最快的速度。

不过十几秒的工夫，我气喘吁吁来到了跟马飞鸿分别的地方，然后更加骇人的一幕出现了——

那东西就站在轮椅后面，转头朝我咧开了嘴，血淋淋的牙齿在黑夜中若隐若现。

下一秒，她伸手一推，老人连同椅子咕噜噜从山坡上滑了下去。

我再也忍受不了这种吊诡场面，用尽全身力气拨打了110，刚报完地址就两眼一黑，吓晕了过去。

再醒来就在审讯室里了。

4.

“意思是你遇见鬼了？扯谎也得讲究依据！这可是两条人命！”

陈警官愤怒地站起来，他的手猛然拍向桌面，身后的椅子应声倒地。

“千真万确，我已经把医院的所有见闻都交代出来了，句句属实。”

“你觉得我会相信吗？”似是从牙缝中挤出的声音。

“在没经历过这些前，我也不信，”大拇指不安地交叠，我小心翼翼发问，“两条人命……警官，确定他们都死了吗？”

陈警官冷笑着斜睨过来：“经法医推断，马飞鸿是从山坡滚落摔死的，但宋大海的尸体还没找到。”

“在湖里！一定在后山的湖泊里！我亲眼看见他被那东西给拽下去了！”我激动地嚷嚷，“那片湖真的不干净，你们把湖底抽干，肯定能发现什么！”

陈警官嘴角抽动，看得出来他的忍耐已然到达极限。他深深吸了一口气，说：“别装蒜，还嘴硬的话看看这个。”

说着，一部手机推到了我面前。

那是一段很模糊的视频，画面中一名女人披头散发地站在马飞鸿背后，几秒后，她抬手猛然将轮椅推下山坡，接着缓缓转身面朝镜头。

这场景跟我描述的一模一样。

但那身影分明是我！戴着口罩，穿着长袖，一样的打扮，一样的身高，画面中的凶手就是我！

“有人拍到是你把马飞鸿推下去的，怎么解释？”

我皱着眉，在心里斟酌起来。

见我迟迟没开口，陈警官重新坐下，语重心长道：“瞒是肯定瞒不住的，不过是时间的问题，现在坦白还有机会减刑。”

“这件事儿在网上发酵得特别厉害，都不用我们出手，你陪诊师的身份、工作轨迹、人际关系全都被扒出来了。

“知道舆论是怎么说你的吗？”

他又给我展现了当下的热搜图片和热门评论，不堪入目的辱骂溢满了整个屏幕。

“这年头谁还敢相信别人啊？陪诊师都能亲手杀害病患，死刑！必须死刑！”

“死刑都太便宜她了，就该凌迟！”

“我有小道消息，她就是盯上顾客的钱了，绑架勒索不成功撕票的！真贪心，贱玩意儿一个！”

“警察吃干饭的吗？证据明摆着，赶紧判刑啊！”

“这医院是真邪乎，一个死，一个失踪，有没有可能是撞鬼了……我去过那医院一次，还看到脏东西了……”

事态才发酵了几个小时，谣言就以恐怖的速度在网上蔓延开来，营销号看热闹不嫌事儿大，添油加醋改编了很多版本，事情越传越离谱。

五花八门的猜测将事件顶上了热搜榜，成为当下最火爆的讨论话题。

成百上千万双眼睛盯着我，审判我，等着一个满意的结果。

看这架势，只要公安机关处理得有半点不妥，公信力就会骤然下降，老百姓光一口一个唾沫就能淹死他们。

“可是警察同志……视频中的人也没露脸，不过跟我一样的打扮，怎么就能一口认定是我干的？”我回答得十分诚恳。

陈警官忽然被气笑了，估计心里想着没见过如此厚颜无耻之人。

“行，既然视频流出，那就说明肯定有证人。我们已经在追查视频的源头了……你给我等着。”

甩下这句话后，陈警官看了我一眼，摔门而去。

5.

约莫过了半个钟头，审讯室大门再度被推开。

再次见面，他的眼神有些古怪，开口便说：“追查 IP 显示，视频是用这个手机发的。”

桌面上的物证我们彼此都很熟悉。

——是我的手机。

“所以，是你自己发的？”

我点点头。

“你到底想干什么！”暴躁一览无余，是那种被戏耍的愠怒和不解。

“陈警官，我说过无数次了，真相就在湖底，宋院长也在湖底，只要找到他的尸体，一切就真相大白了。”

之后无论他怎么问，我都翻来覆去只重复这一句话。

我从没想过洗清嫌疑，我只想让事实公布于众。

果不其然，因为那段视频，我被当作犯罪嫌疑人拘留了。

警方的速度很快，第二天就传来打捞队找到宋大海尸体的消息。与此同时，警察从宋大海身上还发现了一支录音笔。

在破译了里面的内容后，警局瞬间炸开了锅，里里外外都弥漫着紧张严肃的气氛。

这期间陈警官没有再来找过我一次。我想也是，录音笔的内容放出去足够轰动全国了，他们现在应该很忙。

案情的严重程度被提升了好几个层级，这已经不再是单纯的谋杀案。

警方开始重点搜查疗养院，调来了七八台抽水泵，后山人工湖不到一天就被彻底抽干。

事情完全按照我预想的轨迹进行。

……

三天后，陈警官再次传唤我，他的神色十分疲惫，态度却与之前判若两人。

“你一开始就知道湖底的那些东西？”

“知道。”

“看过吗？你是参与者？”

“没看过，我与此事无关。”

“这几天我们把医院翻了个遍，太平间里停满了尸体，但他们大部分内脏都被掏空了。”陈警官将一个皮质行李箱抬到桌子上，里面是几本用防水袋小心包裹的账本，以及几十根大金条。

“这是暗地里从事人体器官贩卖的场所，医院就是个幌子。赃款、交易记录、合同……证据链很完整，都在这皮箱里面。”

经警方所述，他们在宋大海身上发现了一支录音笔，里面是他跟马飞鸿的谈话内容，直白而清晰，从零星的对话中能勾勒出整个作案轨迹。

一些明明通过手术可以得到治疗的患者，却因为没有家庭背景或者付不起钱被迫得了“不治之症”。

马飞鸿负责在黑市上找买家，宋大海则利用职务之便寻找合适的器官配型。

就像谈论物品归属一样，他们轻描淡写，随意处置着病人的身体。

寥寥数语勾勒出让人无法接受又令人绝望的真相，他们专挑一些孤苦无依的病患下手，亲手扼杀了这些人生还的希望。

“你怎么知道湖底的秘密？”陈警官顶着浓重的黑眼圈，连声音都充斥着嘶哑。

“因为录音笔就是我放的。”盯着桌子上赤裸裸的罪证，我多年来紧绷的神经终于彻底放松下来。

“录音笔是你的？你有这证据直接报警不就行了？为什么大费周章？”

“直接报警？将证据拱手让人，等着被销毁吗？”我冷笑一声，“我不会在一个地方栽倒两次。我最终目的就是让你们抽干湖水。但光是打捞尸体，派几艘船就行了，犯不着费这么大功夫。于是我把能指向他们罪证的录音笔藏在了宋大海身上。只要尸体打捞出来，录音笔重见天日，那埋藏在湖底的秘密必然也会随之带出。再配合网上的舆论导向，警方必然会慎重处理这件事。”

录音笔是我偷偷放在马飞鸿轮椅下的，记录的是他们进入诊疗室后发生的谈话。

我仔细剖析过里面的内容，其中有几个词频繁出现，“后山人工湖”“保存好”“防水密封”，再结合马飞鸿对宋大海的那句叮嘱——“好不容易找到这儿，别让我失望。”

我推测，人工湖应该就是存放赃款和交易记录的地方。

一连串的话让陈警官沉默了好几秒，本就皱起的眉头锁得更紧了。

“你是不是想问，我是怎么得知这一切的？”我背过身，束起头发，缓缓撩开衣摆。

触目所及之处没有一块完好的皮肤，身上密密麻麻全都是疤痕，那曾是火焰灼烧的痕迹。

这些破烂不堪的皮肤化成了慢性毒药，渗入五脏六腑，在千百个日夜中反复发作，提醒我无论如何都要完成复仇。

陈警官倒抽了一口冷气：“这些伤痕是怎么来的？”

“警察同志，你知道宋大海曾经有个葬身火海的养子吗？”

“你……可我们是有调查过，那不是个男孩吗？”然后他像是明白了什么，顿时瞪大眼睛。

“陈警官，我给你讲个故事吧。”

6.

在某个偏远山村里，有一对双胞胎，宋大山和宋大海。

身为哥哥的宋大海老实憨厚、为人淳朴，是名技艺精湛的木匠。

弟弟宋大山，嗜赌成性，背着高利贷，还总是与社会上不三不四的混混勾结，没个正经工作。

宋大海劝说过很多次，但架不住弟弟仍不知悔改，父母留下的家底很快被败光，债主三番五次找上门，无穷无尽的争吵包裹住这间小小的木屋。

甚至有一次，讨债的还将宋大海认成了宋大山，二话不说见面就给了一拳。

这一拳彻底打醒了他，宋大海决定逃离噩梦般的生活，彻底与对方分道扬镳，于是搬了新家，重新开始自己的人生。

因为有着一身好手艺傍身，邻里乡亲很快就接纳了这个新来的木匠，没有了拖后腿的弟弟，日子也一点点富足起来。

兄弟俩的人生差距越拉越大。

这期间宋大山也偶有出现，他上演苦肉计的戏码，跪求原谅，无外乎是想靠兄弟情分要钱。

宋大海说是断绝关系，可每次都于心不忍，会念及血缘关系给点伙食费。但这种善举在他收养了一名男孩后就彻底停止了。

家里多了一个叽叽喳喳奔跑的身影，这种油然而生的热闹幸福让宋大海第一次体会到拥有家人的感觉。

他开始把更多心血倾注在养子身上，将他视如己出。宋大海担心弟弟的行为会影响孩子，甚至把上门借钱的弟弟轰了出去，还放出狠话，要是再踏进他家门一步就打断对方的腿。至此，兄弟俩彻底撕破脸。

宋大山欠了一屁股债，是这辈子无论如何都还不清的程度，他常年在社会上混，认识了一个从事器官贩卖的黑心商人——马飞鸿。

商人给他出了个主意，一个可以一劳永逸的办法。

于是，我的噩梦开始了。

某天夜里，镇上的木匠家突然燃起冲天烈焰，对面邻居的监控录像清楚记录了全过程。

宋大山似乎喝醉了酒，意识不清醒，踉踉跄跄走进了宋大海家，不一会儿里面传出了男人暴躁的嘶吼，像是在打电话——

“你去哪儿了？给老子回来！

“钱呢？给我钱！

“不给是吗？！行，那就让孩子为我陪葬！给老子等着！”

几分钟后，屋内骤然变亮，火光闪烁，一簇簇跳动的火苗聚在一起，张开血盆大口，很快将整个房子吞了进去。

直至房子全部烧成焦土，都没见有人再踏出过大门。

昔日温馨的木屋化成一片废墟，连尸体都找不到，人体组织和皮肉全变成一坨黏糊糊的物体，粘在了地板上，无法进行鉴定。

邻居家的监控成了唯一铁证。大家都以为是宋大山喝醉酒起了报复心，想自焚顺带拉哥哥一家下水，这才酿成了惨案。

谁知宋大海恰巧不在，侥幸逃过一劫。

好赌成性的宋大山人人喊打，众人都避而远之，自然没有葬礼，甚至死无全尸都会被拍手叫好。

人们对恶棍没有惋惜，只可怜宋大海家收养的儿子。

时至今日，我每次闭眼就会想起那个场景。

不断升腾的热气让父亲皴红的脸变得扭曲。

他安静地躺在沙发上，嘴边挂着一丝满足的笑意，手边是吃得渣也不剩的糕点盘。

这份糕点是宋大山送来的。

发生火灾的那天傍晚，宋大山敲开了我家的门，在父亲发火之前讪笑着表明了来意。

他一改往日的嚣张跋扈，抿着嘴，内敛而腼腆，小心翼翼将一个包装精致的盒子递了过来，还说自己已经痛改前非、洗心革面，找了份糕点师的工作，想好好生活，这是第一天上班时亲手做出来的糕点。

父亲诧异片刻便接过点心捧在手心，笑得像个孩子，我从未见过他这么开心。

那糕点太腻了，我只浅尝了几口，可明明不喜甜食的父亲却吃了一块又一块。

他搬了个小马扎，坐在庭院里慢慢品尝，细嚼慢咽，像是回味自己的前半生，吃着吃着忽然泪流满面。

“还来得及，肯定来得及……只要回心转意肯好好生活，一切都会变好的。”

我在父亲一声声的感慨中沉沉睡去，那一晚，月朗风清，连空气都弥散着黏腻而幸福的香气。

不知过了多久，我被一阵胃绞痛惊醒，愕然发现周围已是一片火海，红焰爬上了我的衣领，撕咬着我的皮肤。

我看到父亲双眼紧闭，躺在沙发上，跳跃的火苗正在啃食他的肉体，烤焦的煳味充斥了整间屋子。

失火了！我想起那条隐匿的暗道，是之前我们玩躲猫猫时父亲特意为我挖的。

横亘的房梁掉下，周围温度飙升到了连呼吸都困难的程度，求生本能使我挣扎着打开暗道的门，穿过黑漆漆且逼仄的甬沟，一点点爬到了出口。

然后我一头栽进河里，彻底失去了知觉。

……

再次见到宋大海是在几年后镇上的一次义诊中。

我一眼就认出那绝对不是父亲，一个人哪怕再努力改掉毛病还是会在细枝末节上暴露，父亲是左撇子，而这位宋医生用右手签字。

他们声音一样，气息一样，外貌一样，但我能笃定这不是他。

我瞬间就明白了那晚究竟发生了什么。

他们的计划就是将我和父亲毒死在家里，再由宋大山出演一场畏罪自杀的戏码，用剪辑过的监控录像欺骗大家，以证明葬身火海的就是宋大山本人。

养子死了，能证明宋大海身份的人也就没了。

父亲怎么也想不到亲弟弟会害自己，这辈子唯一一次吃到家人亲手做的饭，竟是黄泉路上的饯行餐。

宋大海是个出色的木匠，一块木头都能在他手里变成各种各样的形状，可他的人生却彻底凝固了。

而真正的宋大山摇身一变，冒名顶替宋大海，夺走了他的名字，扼杀了他的职业，改头换面成为医生，开始了崭新的生活。

这就是马飞鸿想的计划——既然坏事做尽，人生前途无望，那就干脆把别人的抢过来！

一个光明灿烂的人生，一个腐烂肮脏的人生，就这样交换了。

从那以后，我又成了孤儿。

复仇，是活着的唯一意义。

我曾写过匿名信举报，也曾半夜挨家挨户地发传单，只希望能掀起点浪花，可当地警察竟然将这件事压了下来。

马飞鸿在这穷乡僻壤似乎有着只手遮天的力量。

我不敢再轻举妄动，毕竟，我就是证明宋大山还活着的唯一证据。

经历了那场大火后，我声带受损，浑身上下多处烧伤，坑坑洼洼的粉色肉虫爬遍了半张脸。为了不吓到路人，我出门必须戴上口罩，把身体包裹得严严实实，哪怕烈日炎炎也得忍着。

我开始密切关注马飞鸿的行踪。

他总是会在特定时间去疗养院，而且每次都会刻意支开护工，专门请个陌生的陪诊师。

如此生性多疑，连自家人都要防备，和宋大山必然不是简单的会面。

于是我开始伪装自己，蓄起长发，戴上口罩。多年的营养不良导致我个头矮小，外加烧坏的声带使得发音更加中性，没人能分辨出我的真实性别。

我准备了两个账号，开始在各大平台营销自己，伪造陪诊记录和视频，装作很有经验的样子，广泛撒饵，直到鱼上钩的那天。

临时陪护代表着偶然性，谁也不会专门提防，于是我顺利地将窃听器放在了马飞鸿的轮椅底下，本来是想窃取宋大山还活着的证据，谁知阴差阳错，竟窥探到了医院的全部真相。

这次我学乖了。

就算证据再充分也会被压下来的，我需要一个理由，让公安机关足够重视、不敢怠慢的理由。

一个大胆疯狂的计划在心中生根发芽。

我本来没打算在今天动手，是车祸女人的眼神触动了我。

看到她在担架上奋力求生，嘴唇不断嗫嚅、挣扎呼吸的模样，我内心竟然滋生出了愧疚和恐惧。

我知道她被推进手术室后会面临着什么。

她的内脏、器官、眼角膜，甚至是皮肤，都可能不再属于她自己。

那一刻，我仿佛也成为共犯。

要是多耽搁一天，就会有更多像她那样如花绽放的女孩被剥夺生命。

我回头看了一眼诊疗室的长廊，微风吹动着吊灯吱呀作响，那是来自恶魔的低语。

不能再坐以待毙了！

我设计了个陷阱，在和宋大山沿湖岸上山时，让绑着大石块的麻绳圈准确无误地套在了他左脚上。他挣扎了几秒就沉入了深深的湖底。

接着我返回马飞鸿旁边，亲手将他推下了山坡。

他死前不可置信的表情都被十几米外提前摆放的手机记录了下来。

我把视频发到了网上，请水军帮忙扩散造势，谋财害命，怨鬼附身……越疯狂越好！越离谱越好！能牢牢抓住所有人的眼球，让他们唾弃我！痛恨我！我把自己架在刀尖上，千百万双眼睛盯着的不仅是我一个人。

这是一个非常偏远的小医院，一块石头扔下去只会掀起几片涟漪。

我需要把这件事闹大，以我的生命作为飓风，掀起足以翻出事实的惊涛，只有这样，大众才能看清污流下掩盖的真相。

这一刻，我等太久了。

7.

“以上，就是整件事情的全部经过。”

我对杀死马飞鸿和宋大山的事供认不讳，真相的反转在舆论场上引起了不小的轰动。

上级领导极其重视这件事，医院和殡仪馆被火速查封，那些参与其中之人被连根拔起，再也翻不了身。

在案件开庭受理之前，我提了个小小的愿望。

我回到了以前的家，那座承载美好记忆的小木屋。

几年前那里永远弥漫着一股煳味，人们捂紧口鼻，厌恶蹙眉，绕道而行。

而现在，它周围开满鲜花，香气四溢，路边摆放着密密麻麻的花圈和挽联。

宋大海供我上学，给我保暖的衣服，教会我很多在孤儿院里学不到的东西……泪水再也遏制不住地滴落，脑海一阵恍惚，我想起十年前跟他第一次见面的场景。

我问宋大海：“为什么会选择收养我？”

“我想做点有意义的事。”宋大海笑着递给我了一个用木头雕刻的房屋，“孩子，你从现在开始有家了。”

他说：“你要像星星一样活得敞亮，哪怕周围一片黑暗，也要散发自己的光。”

“可这样很孤独啊，四周都黑黢黢的，没有人看见。”

“会被看见的，哪怕是渺小的星星，只要坚持不懈发光，肯定能被人们看见的。”

我为宋大海补上了丧礼。

隔着这片焦土，人们终于看见了他。

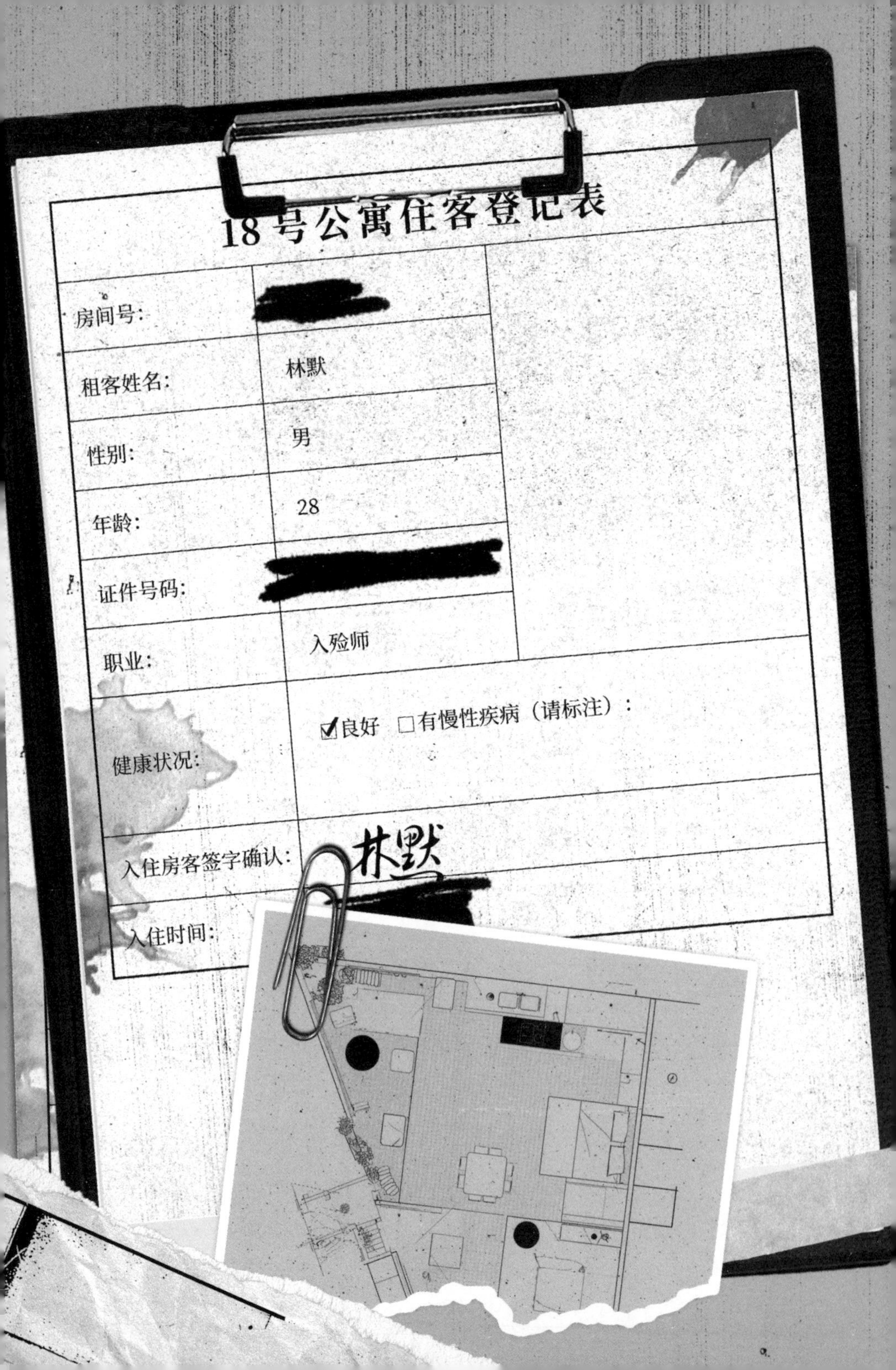

18号公寓住客登记表

房间号：	[redacted]
租客姓名：	林默
性别：	男
年龄：	28
证件号码：	[redacted]
职业：	入殓师
健康状况：	☑良好 □有慢性疾病（请标注）：
入住房客签字确认：	林默
入住时间：	[redacted]

第三章 生死线

文/狸猫合作社

第三章 生死线

1.

林默，男，28 岁。

在这栋公寓里，林默是个特殊的存在。要知道，能住进这里的都是些怪人——收废品的老王总在半夜拖着一车叮当作响的金属；独居的李婆子门口永远挂着不知用什么动物制作的肉干；更别提 402 室那个整天对着空气说话的独眼老头。可林默偏偏喜欢与这群奇怪的邻居唠家常。

“老王叔，今儿这堆废铁能卖个好价钱吧？”

“李婶，您这新晒的鸡冠子颜色真鲜亮！”

哪怕十次有九次得到的回应是白眼，他每天依然对此乐此不疲。因为在他眼里，每个活人都是潜在的客户，这也算一种职业病吧。

要说林默奇怪的地方，大概也只有他居住的 301 室里，永远飘着刺鼻的消毒水味，还有里面那尊驱邪用的关公像。

这栋公寓不收租金，水电全包，条件是每个住户都得讲个亲身经历的恐怖故事，林默也不例外。

2.

别看我现在这样，我可是知名大学土木专业出来的大学生，毕业后每天风雨无阻地在工地现场奔波。

这几年行情不太好，加上我自己身体也扛不住了，所以干脆辞了职。不过，之后我才发现自己天真了，转行可没那么容易，我投出去的简历跟扔进水里似的，半天没个泡儿。没辙了，我只能拖着行李回了老家。

我父母干的是殡葬一条龙的活儿。你知道殡葬一条龙吧，就是负责死者咽气后到进焚化炉这一系列流程的殡葬公司。我妈是给死者化妆的化妆师，我爸是管追悼会上演奏乐队的。

小时候我最烦这行，家里永远都有一股子消毒水味，因为不这样就会闻到尸体臭味。所以，毕业后我下了决心，一定要留在外地。可现在，我回到了这个家，天天窝着找不到事干。

我妈说了我好几次："你爸腰不好，也不知道还能干几年，你就体谅下家里吧。"

我爸也是，常说："你小子别不知道好歹，好多人想进还进不来呢。"

天天在家只吃不干活总不是个事儿，最后我拗不过他们还是进了"永宁殡仪服务公司"。公司装修得很气派，各色假花、服装和乐器。

我开头跟着我妈学化妆，就和那个电影《入殓师》差不多，都是把死者装扮得体面、鲜活。

可现实没那么美好，有的死者脸肿得像发面馒头，眼窝凹进去乌黑，我一凑近就闻到那股腥臭，胃里翻江倒海，蹲墙角吐得眼泪直流。眼看追悼会收的钱一摞摞摞桌上，那油水轮不到我，最后老板拍拍我肩膀：“去接单吧，新人先从老周那儿习惯习惯。”

所谓接单就是在各大医院的太平间门口转悠，寻找死者家属，并与他们签合同，然后办理殡葬一条龙服务。其实现在在太平间基本接不到单，这行现在也卷得很，我们基本在肿瘤病房或者 ICU（重症监护病房）那里转悠，寻找临终病人，就像寻找猎物的秃鹫一样。

所幸带我的老周算是公司的王牌接单员，听我爸说，老周从接单到化妆到担任追悼会司仪，一条龙的活没有他不会的。不过他主要还是常年在医院徘徊接单，听老板说他的效率高，总能比其他公司的人先抢到单。

当时他正一脸悲伤地跟死者家属说话，眼角挂着泪光，对方哭得稀里哗啦，两人你抽泣我抹泪，没一会儿他就掏出一份合同，家属哆哆嗦嗦签了字。他走出病房，脸上的悲伤跟卸妆似的，唰一下没了。

我凑过去打招呼，老周擦擦眼角，把合同塞我手里，声音低低的：“一条龙，三万五拿下。”

我一听差点跳起来：“这么高啊？”

这行情我多少了解点，一般一条龙也就一万五、一万八顶天了。

他瞥我一眼，慢悠悠收起缠在手腕上的佛珠：“那家人信佛，我跟他们聊了点佛学就签了，里头还包了请和尚念经的钱。”

我盯着他那串磨得发亮的佛珠，心想：还真看不出，老周还懂这个？跟我爸说的一样，这行没那么简单。

接单这活儿，不光是签合同，还得帮忙把死者抬上灵车。

我刚开始干，太平间推车一出来，腿就有点软，那股消毒水混着怪味儿熏得我头晕。好在老周挺照顾我，大多数时候都是他一个人把尸体抬上车。按规矩灵车得有人跟着，不是怕啥灵异的事儿，就是行里的习惯，车上不能就司机一个，跟着的也多半是老周。

我的工作，说白了就是跟家属一条条念合同条款，顺便讲讲追悼会流程，比如默哀、家属讲话、献花、告别。

一般我都是在 ICU 和肿瘤病房，急救楼去得比较少，虽然急救楼有很多危重病人，不过那边有很多车祸之类的病人，很难判断家庭经济情况，接不了大单。其他公司的人也知道这个，因此除了老周，平常不太有人往急救楼跑。

3.

头一个月下来，我还算比较胜任吧，毕竟和工地现场相比，这里太阳晒不到、风吹不着，还不会被事后追责。

老周也算尽心，该教的都教给我了。不过我总觉得他还留了一手，那是一种简直可以称得上判断生死的能力。

做我们这行其实难点在于如何向病人家属开口，因为人还在的时候就要行动了，否则等人没了，就会变成和其他公司抢生意，与对方的人叫骂。

老周却总是先人一步，他会从和家属聊家常入手，慢慢拉近彼此关系，然后等病人没了，顺水推舟很自然地和对方签下合同。这种看似性价比很低的做法，成功率却接近百分之百。

举例来说，有一次肿瘤病房的一个年轻人还好好的，老周却一直在和他们家属搭讪，我看了还觉得莫名其妙，结果没几天那个年轻人就病故了。

同行“安魂堂殡葬公司”的小陈偷偷跟我说，老周有门本事，能看到“生死线”——连着生死的线。生死线没断的怎么折腾都死不了，线一断，任凭你再活蹦乱跳没几天，人就没了。

小陈是同行里唯一对我还算友好的人，大概因为都是“难兄难弟”，故而同病相怜。

我听了后差点笑出声，拍着他肩膀说：“你是没开单，编鬼故事来寻开心吧？”

他挠挠头，嘿嘿一笑：“信不信随你，反正老周邪门得很，同行都知道，你也小心点。”

我当然没当回事，这行不就靠嘴皮子和运气嘛，哪来的什么生死线。

可有回在 ICU，我算是开了眼。那天我学老周跟一个老人的家属搭讪。那老头浑身插满管子，我估摸着也没几天好活。

我刚递上名片，还没来得及开口，就被老周一把拽了回来。

他低声在我耳边说：“别费劲，那老头日子还长着。”

我愣了愣，心想这老头看着半只脚进棺材了。可结果真让他说中，半年后我再去看，那老头还在 ICU 吊着口气，生命体征稳定。这单可不光我盯着，同行们早开始盯着了，最后愣是谁都没捞着。

我算是服了，彻底服了。

事后我忍不住问他，是不是真能看到什么生死线。

老周淡淡一笑，只是轻飘飘地来了一句："没什么，时间久了，你小子早晚也能看到。"

就这样我在医院开单也有一年了，我和老周算一起提成的，只要他开的单都有我那一份，加上底薪，比我干土木跑工地那会儿强太多了。回家后，父母对我的脸色也好多了，我以为日子会就这么一直过下去。

有道是马失前蹄，谁能想到，老周也有看走眼的时候。

那天雨下得很大，我记得很清楚。在肿瘤病房里老周一直盯着一位做完肺癌手术的中年妇女的家属。那天他对我说的原话是："那女人活不过一周。"

可一个月后，她术后恢复得非常好。办完手续后，家属推着轮椅带她出院。

老周整个人都乱了心神，我从没见过那样的他。

他站在病房门口，盯着轮椅上的女人，眼珠子红得像要滴血。接着，他突然冲过去，发疯似的吼："这不可能，她该死了，怎么还能活着！"

家属吓傻了，女人也抖得跟筛糠似的，病房里乱成一团，护士喊保安，我死命拉住老周的胳膊，他还一个劲往前挣，嘴里喊着："不可能！不可能！"

后来要不是我和保安拦着，家属那拳头早砸他脸上了。说实话，他就算挨这顿打也是活该。

你以为这就完了？没那么简单，更吓人的还在后头。

几个小时后，那家人又回来了，被救护车送回来的。原来在他们开车回去的路上，前面的卡车载着一堆钢管，因为没绑牢，钢管哗啦掉下，全砸在小车上，那家四口人当场就全没了。

我站在那儿，腿软得像踩棉花，脑子里全是老周那句“她该死了”。他是不是早看出啥，才拦着不让他们走？我越想越毛，汗顺着背往下淌。

同行因为这事更怵老周了，跟躲瘟神似的。加上他那一闹，医院直接禁止他进肿瘤病房和 ICU，这两块肥肉全落我头上了。

可我哪有老周那本事？单子一堆堆被同行抢走，那几个月里，要不是小陈心软，留几单给我，我真没法跟老板交代。

老周倒也没闲着，天天在急诊楼捡别人不要的漏单。不过说来也怪，急诊室的单子平均毛利少得可怜，可老板对老周还是客客气气的，从没因为这个骂过他。

4.

一天晚上，我上夜班，正在肿瘤病房和家属聊家常。手机嗡嗡振了两下，是老周发来的短信：“急救楼找我，赶紧。”

我愣了愣，心想他自己接单好好的，怎么还要叫我去。

走到急诊楼门口，只见救护车进进出出。老周就站在急救楼大厅，一脸焦急。他见我来了，低声说：“现在忙，两个单子。一个无缘死者在太平间躺了半个月，我刚跟派出所谈好，接了下来；还有个因事故刚走的，我在跟家属聊。你带那个无缘死者去殡仪馆。”

我一听“无缘死者”，心里咯噔一下，无缘死者就是没有活着的亲属，或是找不到亲属，在太平间没人认领的。

如果不牵扯刑事案件的，一般都是有关部门用低价委托国营火葬场处理。这种单，私营殡仪公司在空闲时偶尔也会接，可因为单价太低，我只听小陈说起过，这还是第一次看到我们公司接。

他拍拍我肩膀："还不快点去，别磨蹭。"然后把文件交到我手里。

我一个人去太平间领尸体还是第一次，死者是个年轻姑娘，大概是在病房里生老病死见多了，我倒也没害怕。

等灵车到了，已经快 11 点了。司机老王开了十几年灵车，见是我跟着，皱眉瞅我一眼："咋是你？老周呢？"

我赔笑："他忙着接单，叫我来。"

大概是最近生意好，灵车都没怎么清洗，气味刺鼻。老王一边开车一边抱怨："老周最近接了不少这种破单子，没家属，没油水，我也捞不着好处。也不知道他图啥，难不成还真当自己是大善人了。"

到了殡仪馆，我推着死者进了"暂存间"，然后拿着死亡证明等文件去办手续。都这么晚了，又是"无缘死者"，接下来的工作自然都是我的。

一切搞定后，我推着担架车把死者送进遗容整理室。死去的年轻姑娘脸色苍白，眼窝深陷，裹尸袋半敞着，露出瘦弱的手臂……

那时我妈刚忙完一单难搞的遗体，也在遗容整理室。她瞅了瞅死者，决定帮着化妆。我摆摆手说这是"无缘死者"，没提成。我妈哼了一声，说正好趁没人教我怎么弄，现在就算我吐得满地也没人看见。

我心想自己早就不吐了，本来就打算给这姑娘稍微整理一下，毕竟她这么年轻，连个收尸的亲戚都没有，挺可怜的。

我妈递过化妆盒，催着我动手。其实给死者化妆不难，主要还是胆大心细，很快几个关键点我就学会了。

我妈说这准是老周接的单。我愣了一下，问她怎么知道。她点了根烟，吐了个烟圈，告诉我老周前妻也是这么来的。

原来老周是离婚后才入的这行，当时换了手机，也把号码给了前妻。没想到半年后他在太平间见到了前妻，死因是车祸。前妻是孤儿，也因此无人收尸，他知道后哭得稀里哗啦，自掏腰包接了前妻的单。看来他们以前一定感情很好。

从那以后，他常接这种“无缘死者”的单子，说是为了积点德。我没想到老周还有那一面，平时他不苟言笑，走到哪里都捏着一串佛珠。难道能看到“生死线”也是……

化完妆后，我妈把剩下的事情都交给我了。遗容整理室里只剩我和那姑娘，和之前相比，现在她那张脸稍微有了点气色。

我也没有对她做什么奇怪的事情，只是继续填了几份文件，为了明天交接用。没一会儿，火化工老金找了过来。他六十多，大半辈子在火葬场干活，浑身上下带着焚尸炉的焦味。

这倒来得正好，我把文件给了他。老金瞅了眼死者，核对完文件，把死者抬上推车就往火化间走。

这种操作我就不懂了，问他为啥这么急。他反过来呛我一句，说：“这种单子收不到家属白包，晚上不烧难道留着白天，明天预约的活已经一堆了，哪有空烧这种孤魂野鬼。”

不知道为何老金推着女尸走的时候，嘴角挂着一丝笑容，似乎很享受这一刻一般。

5.

回家的路上，手机又振动了，是老周打来的。他约我去一个小馆子喝点。

到了那地方，老周已经坐着，酒菜全备好了。

“小林，今天麻烦你了，这种生意没提成，我……我也有点不好意思。”他说。

我也客气了一番，毕竟到现在都是老周在带我，算得上我在这行的师傅。推杯换盏，酒过三巡后，我乘机问起了“生死线”的事。

老周的兴致很好，他笑着说这没啥，只要有点基础医学知识，再找机会偷看患者的药物使用记录就能判断，比如通过挂瓶的用药量和抗癌剂成分就能判断病人是快好了，还是快死了。

这话说得轻飘飘，我是不怎么信的。于是，我壮着胆子又问，那为啥他又能预见那一家四口出车祸全死了？

听到这话，老周脸上的笑瞬间僵住了，眼珠子一瞬间瞪大。他的酒像是醒了，又变回那个冷冰冰的老周，立马起身，说明天还有事，今天先回去了。

又过了几天，我和小陈聊天时正好说起这事。小陈听了后脸色变得很难看，他又一次说起老周很邪门，叫我注意和他保持距离。

我就纳闷了，生死线不就是通过用药量判断患者生死，哪儿邪门了？

“不是这个！”

小陈摇摇头，显得很犹豫，停了好一会儿才挤出一句：“我……我说的是你那天接的单。”

“那个没人收尸的女人？”

“对……那次火化工是谁？”

“老金啊。”

“又是他……你看着老金火化的？”

“没有。”

“林默，哪天如果老周还收类似的单，你要多留个心眼，话我只能说到这里。”小陈说完，警惕地看向四周，像是怕什么人听到……

小陈那句“多留个心眼”像根刺扎在我心里，挥之不去。

我越想越觉得怪，老周被禁止进入 ICU 后，对“无缘死者”怎么这么上心？难道真的是因为前妻的事情，做善事积德？

于是，我开始经常跑急诊楼，暗中观察。我发现老周接的单不但有“无缘死者”，还有那种穷得叮当响、几乎无利可图的死者。有的家属签完合同，还对他千恩万谢，像把他当活菩萨一样。

我看到过老周在急诊大厅拿着签好的合同，嘴角微微上扬。我能分辨……那绝对不是善意的笑。

小陈说的“邪门”，我第一个想到的便是器官贩卖，可随即否定了这个想法。太平间冷冻过的尸体和从急诊室出来的死者早没价值了，而且“噶腰子”这么难做的事情，老周恐怕也做不来。

几天后，我下班时，老周又接了个“无缘死者”的单子。看到他和尸体一起上了灵车后，我鬼使神差地跳上电瓶车，跟在后面。

灵车拐进殡仪馆大门时，我放慢速度，熄了灯，把电瓶车远远停在路边。目前为止都还没什么异常。

可没过多久，老周又拖了一个行李箱出来，搬进他的面包车，然后开车走了。

我还是跟在后面，看之前老周拖箱子吃力的样子，那箱子里就像装了一个人一样。

老周的车没开多久，进了市郊一个小院子，院子门口挂着半块招牌，上面写着 XX 肉联厂。老周下车，拖着那个行李箱进了一间大屋，然后空手出来，开着面包车走了。

理智告诉我不要进去，但好奇心驱使我一定要搞清楚事情真相。我把电瓶车停在隐蔽的地方，然后贴着墙慢慢走进院子。

生锈的铁钩子上挂着个人。那具尸体胸口塌陷，肋骨白森森地支棱出来，正是老周接的那单车祸死者。穿胶皮围裙的屠夫正哼着小调，手里剔骨刀寒光一闪。屠夫把骨架冲干净后塞进另一只行李箱，动作熟练得像在流水线分装猪肉。

我死死捂住嘴，指甲掐进掌心才没叫出声。

此时的我已经知道了，这个屠夫和老周在搞什么鬼。他们不是吃人肉的变态，也不是仅仅出于爱好才做这种事情。

另一辆银灰色厢式货车悄没声地停进院子。屠夫撂下刀，把行李箱“哐当”扔进车厢。车尾灯亮起的瞬间，货车又开出了院子。

我跟了货车半小时，它拐进城郊工业区，停在一栋白墙大楼前，牌子上写着“XX医药生物材料研发中心”。

虽然一切都如我所料，可我还是无法把老周和倒卖尸体的勾当连在一起。回家后，我没敢跟爸妈说一个字，我害怕他们也掺和过这事。

第二天在住院部防火门后我堵住了小陈，问他所说的“邪门”是不是昨晚那种事。就在我吐出“骨头”两个字时，他猛地捂住我的嘴，说：“你疯了？别提那些词！”

小陈发白的脸色和惊恐的表情，已经说明这一切他早知道了。原来他们公司也在干这勾当。他有回听师傅喝醉了说漏了嘴，说骨头卖给医药公司做修复材料，赚得比接单多。

我问他那为啥不举报，他反问我为啥不举报。

我哑口无言，他苦笑一声，说咱俩干这行都因为工作难找。公司如果倒了，我俩的饭碗也就没了。接着他还提醒我以后小心点，老周的单子以后坚决不要掺和了。

我趴在住院部五楼窗台往下看，老周正把裹尸袋推进灵车。阳光照在他腕间的佛珠上，珠子泛着血痂般的暗红。我突然想起那晚我处理的死者——那个姑娘……她苍白的脸在化妆刷下逐渐变得红润，可如今大概她早已变成实验室里的一罐骨粉。想到这个，我胃里就一阵翻江倒海。

从那以后，老周再让我跟的急诊室的单子，我都找理由推脱掉了。我想继续干这行，可也不想惹麻烦。

我感觉他已经知道了，他似乎也感觉到了“我知道了他知道了”，就这样我们保持着微妙的平衡，我们彼此谁都不敢捅破这层窗户纸。

6.

树欲静而风不止，也不知是不是因果报应。几天后，我在病房接单时，警察突然冲了进来。我被带上警车，扭头一看，老周、小陈，还有几个同行也上了警车。原来是东窗事发，那个医药公司伪造捐献记录，偷盗尸骨的黑幕爆了出来，这城里几乎所有私营殡葬公司都有份。

那晚我跟着老周看到的血腥一幕，我死咬着没说。警察翻了我的合同记录，没抓到把柄，就把我放了。小陈也一样。老周却没出来。

后来我爸妈也被叫去问话，还好他们只管化妆和乐队，没沾这买卖。永宁和安魂堂彻底完了，老板都被抓了进去。

半年后，判决下来，老周被判了二十年。我看了审判记录，才知道我认识的那个老周全是假的。什么积德，什么为前妻行善，全是鬼话。最讽刺的是，他倒卖的第一具尸体就是前妻的。据说老周和前妻离婚是因为她出轨，车祸那天，她跟男友死在了一起。老周气得眼红，又正赶上医药公司的人撺掇，问他愿不愿意干这买卖。

他恶向胆边生，就这样卖了前妻的尸体，事后还要求医药公司把她一块脊骨磨成珠子，穿起来戴在腕上，也不知是为了出气还是怀念。

我盯着手机，手抖得划不动屏幕，心想：其实我也一样，老周天天在我身边，念佛弄珠，我却从没看透他。他卖前妻那天，是咬牙切齿，还是嘴角上扬？我不知道。

判决书还说他后来不光挑“无缘死者”下手，那些有家属的，他也跟老金串通，把别的骨灰分点给家属搪塞，真尸体被他偷偷卖掉。

我靠着沙发，脑子里全是那串珠子和剔骨的咯吱声，心像被勒紧，喘不上气。这行，这人，比鬼还黑。

你问我现在？当然还是在干接单的活，不过现在我自己干了。老周和老板们都判刑了以后，我和小陈合计下来，既然这里的殡葬公司全没了，那如果我们自己开一家，岂不是一片蓝海。所有的人员我们都有现成的，我和小陈接单和开灵车，化妆有我妈，乐队和司仪有我爸。就这样我们自己的公司就支棱了起来。

老周到底能不能看到生死线？

我不知道，也不想知道，到现在我都没勇气去探监。

不过他说的那套方法倒是有用，我报了个医药网课，又啃了不少书，现在通过抗癌剂用量，病人寿命也能估个大概。兴许老周没全撒谎，生死线不是玄乎东西。我靠这套路子，公司生意慢慢起来了。

我住这儿因为离医院近，接单到半夜也能走路回来，还不掏房租，谁不乐意啊。

7.

以上是林默的故事，他说的基本属实。可管理员在翻查档案时，关于老周那句“不该活着”的中年妇女和她一家四口的车祸，疑点始终无法解释。

卡车司机一口咬定，固定钢管时安全措施全做了，装卸现场的视频也清清楚楚地证实了这一点。可那堆钢管偏偏砸上了小车，四条人命当场没了。

难道真是和《死神来了》里一样？还是那个老周真的能看到什么？

18号公寓住客登记表

房间号：	[redacted]
租客姓名：	赵垂光
性别：	男
年龄：	42
证件号码：	[redacted]
职业：	贴小广告
健康状况：	□良好 ☑有慢性疾病（请标注）： 长期饮酒引发的中毒性肝损伤
入住房客签字确认：	赵垂光
入住时间：	[redacted]

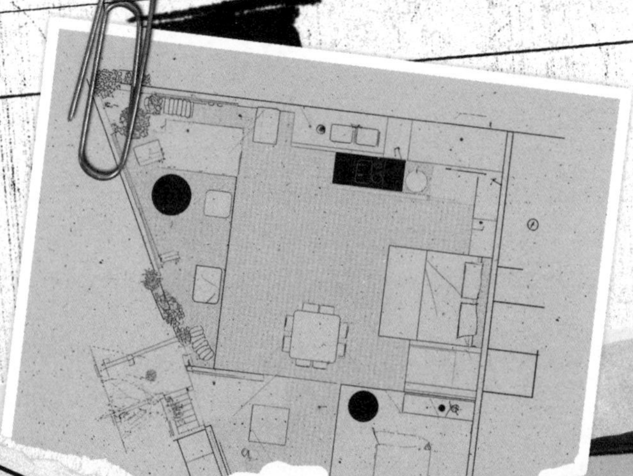

第四章 奇宅

文/渺无音

第四章 奇宝

1.

“汪汪汪！”

土狗的狂吠声将我从睡梦中惊醒，我磨蹭了足足几分钟，才终于从那层破棉被里爬了出来。

“好了！别叫唤了。”我哑着嗓子，踢了一脚那只瘸腿的老狗，许是被我踢疼了，那狗哽了几声便趴在一旁不敢动了。

我挣扎着站起来，晃了晃昨晚因为宿醉还有些发蒙的脑袋。一旁的老旧电视伴随着刺耳的刺啦声播报着新闻。

近日，本市解放路XX银行发生一起恶性抢劫案。两名身穿连帽卫衣、头戴兜帽、面部全程遮蔽的蒙面男子持械闯入营业厅，利用自制爆炸装置威胁在场员工与客户，劫走现金约20万元后驾车逃离现场。截至发稿时，嫌疑人仍未被抓获，警方已发布紧急协查通报，如有提供线索者，警方将提供奖金

1 万元。

我抬头看了看外面的天，天色刚刚有些发白。

哎，又该工作了，我认命地叹了口气，拿起身旁的工具，将怀里揣得鼓囊囊的，推门便走了出去。

这时的寒风最是刺骨，我缩了缩脖子，走到了路旁的一根电线杆子旁，拿出了怀里的小广告开始了今天的工作。

我叫赵垂光，是个专门在路边街口贴广告的，按照那些环卫工人的话讲，我就是垃圾的制造者。嗐，不过都只是为了活着罢了，谁又比谁高贵呢?

正贴着，忽然我听到背后有人叫我的名字，我眯着眼睛回头瞄了一眼，却看到了一张熟悉的脸庞和一身破旧的军绿色大衣，是我的同行老张，这家伙不是失踪了吗?

我心里困惑着，但还是冲他招了招手。

老张冲我走了过来，沧桑的脸上带着一丝莫名的阴沉。

“你最近干吗去了？”我捶了一下他的肩膀，咧了咧嘴角。

老张似乎有些紧张，他先是四下打量了下周围的情况，随后才压低声音对我说：“这里说话不方便，去你家吧。”

我看了眼手里才刚刚贴了一小部分的广告，有些迟疑。

老张似乎看穿了我的小心思，眼神中竟闪过了一丝不易察觉的轻蔑：“怎么?你还打算靠着这东西过一辈子?”

我把心一横，一把将手里所有的小广告狠狠拍在了柱子上。

看着我的动作，老张笑了：“放心，咱是自己人，我是不会坑你的。”说着，老张从怀里拿出了一沓钞票，我低头看了看，心狠狠地抽了一下，那全是崭新的百元钞票，足有一万了。

2.

家里来了生人，被我关在小屋的老狗嗷嗷叫个不停，我呵骂了两声，将老张请到了一旁坐下。

“看来你这是真发财了啊。你小子该不会去抢银行了吧？”我开玩笑般说着，眼睛却还是有意无意地瞥向那因为钞票而鼓起的破棉袄。

老张咧开了嘴，露出了那焦黄的门牙：“嘿，咱老张要是有那两下子，也不至于跟你们在这破烂窝住了这么多年。”

我压低了身子向他贴了贴：“这么说，你还是找到了啥挣钱的好门路？有这好事可别忘了兄弟啊。”

老张似乎是发现了我从进家门就一直盯着他那装钱的地方，他顺着我的视线看了看，声音犹如恶魔的低语：“这钱你想要？简单，你要是帮我做件事，这些都是你的。”

我狠狠咽了口唾沫：“啥事？”

“去李徽家帮我拿个东西回来。”

老张口里的李徽也是我们这行的老人了，我们几个一人负责一块区域，平时的关系也算不错，只不过李徽家那点破烂玩意儿有什么能值得上一万块钱？

“你想叫我偷东西？那可不行。”我表面上坚决地摇着头，但心里还是期待着老张的下文。

果然，见我这么“不开窍”，老张不由有些急了：“李徽那破房子你又不是不知道，连个门锁都没有，算得上什么偷？再说了，他都好几天没回过家了，你有什么好担心的。”

这简单的一句话已经足够让我听出了很多东西，老张是怎么知道李徽一直没回家的？难道他一直都在监视着李徽家？可是既然他一直都守在李徽家门口，干吗不自己去取，反而要绕这么大的一个圈子求我去？

“你想要我去取什么？”我故作随意地问。

老张沉默了一下：“我也不知道。”

“呵，敢情你这是故意来消遣我的？”我一下子站起身子，泥人还有三分火气呢，更何况我浪费了这么多时间，得到的竟是这么个答案。

老张摆了摆手，示意我先少安毋躁：“你听我说完，虽然我不知道那是什么东西，但是我也没有要求你一定要把它找出来，你只需要从李徽家取一些你觉得不同寻常的东西交给我就可以了，只要你给我拿来，不论是不是我想要的，我都会把钱给你。”

我有些心动了，虽然我不明白老张究竟要干什么，可是这天上掉下的馅饼实在没有不接着的道理，我甚至完全不想去考虑一贫如洗的老张是从哪儿得到的这么一笔钱。

钱真是个神奇的东西，只要你脑子里惦记着它，它便能把什么理智仁义道德吞噬得一干二净。

老张走了，在离开前他告诉我，只要我去拿了东西，随时可以给他打电话。

我犹豫再三，终于还是决定去李徽家看看，毕竟只是随便拿个东西罢了，能有什么危险？

然而，当我到了李徽家所在的小区后，这种天真的想法就彻底烟消云散了。因为我刚从家出来没多久，就感觉到自己被人盯上了。

这种莫名的预警很奇怪，虽然没有看清身后的人，但是我还是十分确定身后一定是有人。不过跟踪的家伙恐怕怎么也不会想到我是做什么工作的，对于我这种人来说，小区的各种小路还有人会比我更清楚吗?

没用多久，我就成功地甩掉了那些尾巴，我暂时安全了。可是这突如其来的跟踪还是让我感觉到了压力，为什么会有人跟踪我？这些事和老张有关吗？我的脑袋里乱得像一团糨糊。

算了，我还是决定先去李徽家看看，毕竟我离老张的那些钱也仅仅只剩一步之遥而已。

3.

李徽的家还是老样子，烂木头垒起的房梁，破布挂满的窗户。不过不同的是，屋子外面拉着黄色的警戒线，虽然没有警察在，但这已经足以让我望而却步。

李徽家这是出了什么事？我心有余悸地躲在了一旁的墙后，用审视的目光打量着屋子的四周。

我就知道天上没有这种白捡的馅饼！

我骂骂咧咧地从怀里取出了手机，给老张打去了电话。

“我问你，李徽家这周围的警戒线是怎么回事？你他妈的要害我是不是！”

电话那边的老张倒是坦然，语气里没有半点被我戳穿心思的惶恐：“李徽怎么样跟你有什么关系，跟我有什么关系？你要钱，我要东西，总之你能找到我要的东西，这一万块就是你的，做不做你自己决定！”

说完老张便决然挂断了电话，甚至没给我再开口的机会。

我眼神闪烁地盯着已经晦暗的屏幕，脑子里天人交战了许久，终于对金钱的渴望还是让我迈向了李徽家的屋子。

我小心谨慎地越过了警戒线，走上前踹了脚李徽家的大门，“咚”的一下，长满铁锈的门栓子直接掉了下来。

在一阵刺耳的门轴声中，我推开了房门，屋子里一片杂乱活像个垃圾场，刺鼻难闻的气味让我这种“不拘小节”的人都下意识捏了捏鼻子。

这种地方怎么可能有什么宝贝！一想起老张的话，我不由翻了个白眼，不过好不容易来到了这儿，我总还是得拿点什么回去的。这般想着，我借助着破布里透进的微弱光亮开始寻找所谓的特殊东西。

走着走着，我的脚下似乎踩到了什么东西。

欸，这是什么？我弯下腰捡起了地上的一枚样子怪异的纽扣拿到眼前仔细观察，突然我猛地一怔，我想起来了！这不是老张身上的那件破大衣的纽扣吗？它怎么会出现在这里？

等等，如果这枚纽扣在这里的话，那岂不是说老张最近也来过这里，可是他明明来过这里，为什么还要叫我来？

联想到门口那黄色的警戒线，我的心里一阵发寒。

我皱着眉思索了半天，最终还是决定先离开这个是非之地，毕竟这里阴谋的味道实在太重了些。

离开了李徽的屋子，我无力地倚靠在了路旁的电线杆上，现在恐怕是只有这种与我朝夕相对的东西，才能让我有一丝安全感了。

我苦笑着叹了口气，像是跟老朋友聊天般拍了拍身后的电线杆，一不小心一张还没贴紧的寻人启事被我从电线杆上拍了下来。

多年的习惯让我下意识地捡起地上的纸，想要将它再次贴上去。

可是当我看清纸上的内容，我的身体一下子僵住了。紧接着，我像是疯了一样将手里的纸甩到一旁，拼命地向远处跑。

突然我的手机响了起来，我慌乱地拿出手机，那上面显示来电人是老张，我不假思索地按掉了电话，更加拼命地奔跑。

猛地，一道人影挡在了我的前面，是老张，此刻的他正面沉似水地站在我面前，他手里还握着仍在发光的手机。

“怎么不接我电话？”老张的声音似乎比四周的空气还要冷上几分。

“我，我刚才按错了。”我尽力掩饰着内心的慌乱。

老张看着我，忽然叹了口气：“你刚才已经看到了吧？”

我浑身一颤，还想辩解几句，可是一看老张的表情，我知道已经没法再隐瞒了。

没错，我看到了，在那电线杆子上寻人启事的下面贴着一张通缉令，照片上那人是老张！

通过那张通缉令我也知道了许多信息，李徽死了，是中毒死的，并且在现场还查到了属于老张的指纹。现在我终于知道为什么老张会让我赶去李徽的住处了，因为他不敢回去，这里早已贴满了他的通缉令。

“如果我告诉你李徽的死和我无关，你相信吗？”

老张红着眼睛看向我，我一时竟不知该怎么回答他。

4.

最终，我还是和老张回到了我的住处，不管是因为我内心对老张的信任又或者是因为他那一直背在身后的右手，总之我还是安静地听完了老张的故事。

据老张说，那天李徽找他去喝酒，酒过三巡后，李徽忽然拍着老张的肩膀，告诉他以后不用再去做那些工作了，只要跟着他李徽干，保证有的是钱花。

老张本是不会将这种酒话当真的，可是那天看着李徽高高在上的样子，也喝得五迷三道的老张不知怎么就顶了他一句：“你能有什么钱？”

面对老张的质疑，李徽这个大舌头，头脑一热竟把自己的秘密说了出来。他告诉老张，自己有个宝贝，他靠着这个宝贝赚到了一大笔钱。说完后这个兴奋到失去理智的人，竟然真的将自己最近得到的钱展示给老张看。

看着眼前明晃晃的钞票，老张只觉得喉咙都有些发干了，尽管他再三询问李徽是怎么得到的钱，那宝贝又是什么？但李徽却始终沉默着，喝起了闷酒。

然而贪婪的火焰早已在老张的胸膛中升起，虽然他没有获得李徽赚钱的方法，但是趁着李徽不注意的时候，他还是偷偷地从那钱袋里狠狠抓了一把。

事后，清醒的老张这才反应过来自己做了些什么混账事，可是当他再次回到和李徽喝酒的地方时，却发现周围已经被警方包围了。

当得知李徽死亡后，做贼心虚的老张立刻逃离了那里，他明白如果被警方发现，自己手里的钱是绝对没法说清楚的。

就这样，老张一直躲在家里不敢出来，直到他发现了小区附近贴满了他的通缉令。

这下他慌了，他第一反应就是立刻逃离这个地方，可是离开了这里又能怎么样，自己一样是个一无所有的穷光蛋，逃又能逃到哪儿去？没有钱一切都是白扯。

等等！钱？老张想到了李徽所说的那个宝贝，既然李徽都能够靠它获得一大笔钱，那自己为什么不可以？

如今李徽家已经被警察搜查个遍，李徽的那笔钱已经不用指望了，可是李徽手里的宝贝肯定还在，毕竟宝贝的事情只有他一个人知道。

于是他这才找到了我，想要让我去帮他把那东西取回来，毕竟他不确定李徽的住处周围是否还有警方的监视。

我看着老张，一时不知道该说些什么。

“怎么样？你有没有找到那个宝贝？”老张紧张地盯着我，双手忍不住揉搓着。

我愣了一下，赶忙摇了摇头。

老张脸色一沉，眼睛死死地盯着我：“可是我在房子外面的时候，看到过你似乎弯腰捡起了什么。”

原来老张一直跟着我！难道之前跟踪我的人就是他吗？

“这就是我捡起的东西。”我将手伸入怀里，想要将之前捡起的纽扣交给老张，可忽然房间的门被人踹开了，两个拿着刀的黑衣男人第一时间制服了想要反抗的我们。

“那笔钱究竟在哪儿？”黑衣人拿刀抵着老张的后背。

“你，你们是谁？我不知道什么钱。”老张的确是吓坏了，说话都有些结巴。

“不知道？告诉你，这些钱上我们早就做了记号，你不用抵赖。”黑衣人狞笑着从老张的怀里将一沓崭新的钱拿了出来摔在地上。

老张先是一愣，随后一下子瞪圆了眼睛："钱是你们的？是你们杀了李徽？"

"哼，如果我们知道是谁杀了那小子，你以为我们还会忍到现在？"说着，我身后的黑衣人伸手将我怀中的东西粗暴地取了出来，可当发现只是纽扣时，他不由恨恨地骂了一声，盯着我的目光越发凶狠。

我心里越发冰冷，因为我已经认出了这两人的打扮，他们便是那两名银行劫匪！

5.

"你们快跑吧，我已经报警了。"我壮着胆子开口，希望自己的话能够吓退他们。

可黑衣人只是嗤笑了一声，没有半点慌乱："从发现这家伙用了我们的钱开始，我们就开始跟踪他，直到发现他和你见面之后，我们便也开始跟踪你。你们的一举一动都在我们的视线范围内，你有没有报警我比谁都清楚，所以不用再说这些没用的废话了！"

原来两名劫匪那天从银行逃离后，为了躲避警方的追捕，将钱埋了起来。可是当他们好不容易甩开了警方，想要将钱取走的时候，却发现那笔钱不翼而飞了。他们通过周围的监控，发现是李徽拿走了这笔钱。

就当他们想要去找李徽的时候，却发现李徽已经死了，那笔钱也不知所终。

他们顺藤摸瓜找到了老张，但为了防止打草惊蛇，他们只是在暗处偷偷监视老张。

就在他们快要等得不耐烦的时候，老张找到了我，这又给了他们一丝希望，所以之前跟踪我的并不是老张，而是他们。他们一直忍到了现在，直到刚才听到我要交给老张什么东西的时候，这才冲了进来。

“我劝你，最好将那笔钱现在交出来，我的耐心已经到极限了。”黑衣人的眼睛眯成了一条缝，里面闪烁着危险的光芒。

“那，那笔钱不是已经被警察收走了？”老张颤抖着身体回答道。

“那钱根本没在警察那里！我再给你最后一次机会。”

“老张，你快点告诉他们！命和钱哪个更重要啊！”我拼命地催促着。

老张看向我，那张满是沟壑的脸上已经布满了因为恐惧流下的泪水。他死命地摇着头：“我真的不知道，你，呃……”老张的话只说了一半就再也说不下去了，因为黑衣人的刀子已经插进了他的身体。

看着老张脸上那凝固的惊恐表情，恐惧让我的身体如同痉挛般地颤抖了起来。

黑衣人似乎对我的反应很满意，他握着沾满鲜血的刀子一步步向我靠近：“我相信你会告诉我满意的答案，对吗？”

然而黑衣人注定无法知道我的答案，门外的警笛声打破了屋里的平静，鱼贯而入的警察眨眼间便将两位黑衣人控制住了。

我看了眼满脸不甘的黑衣人和一旁身体已经冰冷的老张，随后抬起头看向窗外的天色，我在心里笑了，嗯，时间刚刚好。

6.

我现在还依稀能记得那天晚上的故事，在老张走后没多久，我碰巧也去了李徽家串门。

当我见到李徽时，他已经喝得烂醉了，看到我进来后还以为我是老张。他拉着我坐到了他身边，接着醉眼蒙眬地向我讲述他最大的秘密，也就是那笔他意外捡来的巨款。

虽然那时的他已经有些口齿不清了，但是我还是能勉强听懂他所说的话。

他说自己为了钱，放弃了太多太多东西了，如今虽然他有了钱，可是却有些后悔。说着说着他竟然哭了起来。

但是那时的我已经丝毫不关心他说的究竟是什么了，因为在我的眼中就剩下了那一大袋子的钞票。

从他那里回来后，我脑子里只想着怎么才能得到那笔钱。我看着柜子里的老鼠药，忽然有了主意。

我也不知道当时的我为什么不直接从外面随便买点吃的，兴许那时我早已被名为贪婪的东西填满了脑子。

在酒精的作用下，我拿着精心烹制的食物送给了还有些迷糊的李徽，李徽不知为何哭得更加凄惨，他一边吃一边呜咽着说些什么。不过对于一个将死之人的话，我也没那么在意了。

当看到李徽七窍流血倒在桌子上的时候，我却有种说不出的清醒。

我有条不紊地擦掉了所有属于我的指纹，甚至在拖着那一大袋子钞票离开的时候，我还在算计着明天该怎么样让老张成为我的替罪羊。

也许我真的是个天生的阴谋家，第二天天还没亮，我就想到了一个好的办法。

趁着晦暗的天色，我借用隔壁复印社的机器，打印了好多张关于老张的通缉令，并将它们贴在了老张家附近的几条街道上。我知道此刻犹如惊弓之鸟的老张在看到这通缉令后，一定会有所行动，果不其然，他找到了这条街上他唯一能信任的人，我！

本来在我的计划里，是想要诱使老张去自首的，可是两个劫犯的出现却让我临时改变了计划。

在我发现被人跟踪之后，我便察觉出跟踪我的人身形与银行劫匪相似，联想到李徽捡到的这一大笔钱，事情的经过已经在我脑子里串联了起来。李徽捡到的这笔钱应该正是银行的赃款，也就是因为这个，我才会被劫匪盯上。

与此同时一个借刀杀人的主意也浮现在了我的脑海，毕竟如果老张也死了，我的计划才算得上是万无一失。只有死人才能最好地保守秘密。

哦，当然，警察之所以会来得这么及时也全都是我的功劳，这群劫匪根本不会想到我报警的方式。

我做这一行实在是太久了，所以我很清楚地知道什么时候会有什么人准时出现在电线杆前看着那些无聊的小广告。而我需要做的只是趁着他们不注意，在小广告上写上一条足够吸引人的求救信息就好，只要提到潜逃的两名银行劫匪，就没有人会不对警方的那笔悬赏奖金感兴趣。

现在一切都很完美了，唯一的嫌疑人老张已经死了，劫匪也已经被抓起来了，如今的我已经没有任何的后顾之忧了。

想到这里，我不由瞄了瞄一旁角落的地板，在那下面藏着我的未来。

我一边应付着警方的问答，一边开始幻想着日后纸醉金迷的生活，忽然一道瘦小的身影摇摇晃晃地插进了我眼前的画面。

咦？那只老狗？

它什么时候出来的，还有它在那里做什么？

等等！死狗，不要动那块地板！

“汪汪汪！”此时那犬吠声听在我的耳朵里是那么的刺耳，看着警方通通被叫声吸引过去，我知道我近在咫尺的美梦碎了。

7.

李徽是个爱做梦的人，虽然他做着最卑微的职业，住着最简陋的屋子，但是他还是愿意相信自己有一天一定能挣到一大笔钱，成为人上人。

为了这个梦想，他这个连自己都养活不起的可怜人，还特意偷偷收养了一只流浪狗，他叫那只狗旺财，也算是向人们宣告他心里最简单的期待。

每天贴完手里的广告，他都会来旺财这里，给它做特训，当然特训的内容也十分单调，只有一个字，钱。

他会将钱放在旺财的鼻子尖上让它记住这味道，然后把钱埋起来让旺财去找。如果找到了，他会开心地赏给旺财一根他狠下心才从超市买来的廉价火腿肠。当然，如果没找到，他也会踢旺财一脚，只不过他从来舍不得太用力。

然而他怎么也想不到的是，那天他领着旺财出门遛弯，旺财对着一处空地狂吠个不停。见他无动于衷，旺财甚至挣开了绳索，对着空地刨了起来。

他上前本想给这条傻狗狠狠来上一脚，可是当他看到眼前的一切时，他愣住了，此刻在旺财的脚边，一大笔钞票就那样仿佛梦境般出现在地里。

不知过了多久，最终还是旺财兴奋的叫声让他恢复了神志，不断摇着尾巴的旺财不会明白此时主人的内心究竟是一种怎样的复杂情感。它只知道自己出色地完成了主人一直交代给它的使命，今天可以得到它心爱的火腿肠。

李徽不是傻子，看着这样一大笔钱，他明白绝不可能是有人不小心丢在这里的，他想到过很多种可能，但是没有一种可能，能抵挡住他那渴望摆脱贫穷的野心。

终于欲望还是战胜了所有的理智，他像做贼一样将那笔钱小心谨慎地带回了家中。

然而，他怎么也不会想到，自己曾经对旺财的培训此刻成为对自己的反噬。

从他将钱带回来藏起之后，无论他将钱藏在家中的哪里，旺财都会对着那个地方吼叫个不停，随后一脸期待地看向主人，期望着得到他的表扬。然而，迎接它的却是李徽那张恼羞成怒的脸。

旺财不会想到，它那原本懦弱和善的主人，在恐惧和欲望的摧残下，早已经换了另一副心肠，直到它被暴怒的李徽踹断腿的那一刻，它还是不明白自己错在了哪里……

它想不明白，也永远不会明白。

而李徽那边，当怒火消退后，往日和旺财的种种不断浮现在脑海中。或许连他自己都没有想到，以前他只会做有关钱的美梦，如今却只能梦到旺财。

那些梦寐以求的钞票明明就在眼前，他最怀念的却是以前那微不足道的陪伴。每每想到过去，他只觉得心如刀绞，可是有些东西一旦失去，就再难找得回来。他去过很多的地方寻找旺财，最终却都一无所获。

回到家，看着空荡荡的屋子和那笔飞来的横财，他哭了。直到现在他才终于明白，自己似乎已经丢掉了这世界上对他来说最重要的东西……

8.

几日后，警方正式公布了消息，轰动一时的银行抢劫案告破，两名犯罪嫌疑人被捕，赃款也尽数追回。与此同时，另一桩发生在银行附近的中毒杀人案也随之告破，一干涉案人员都受到了应有的惩罚，除了主犯在抓捕过程中逃跑，还在通缉追捕中。

附近的居民围在电线杆附近看着上面的公告，纷纷拍手称快。而在无人在意的角落里，一只瘸腿老狗却是叫个不停……

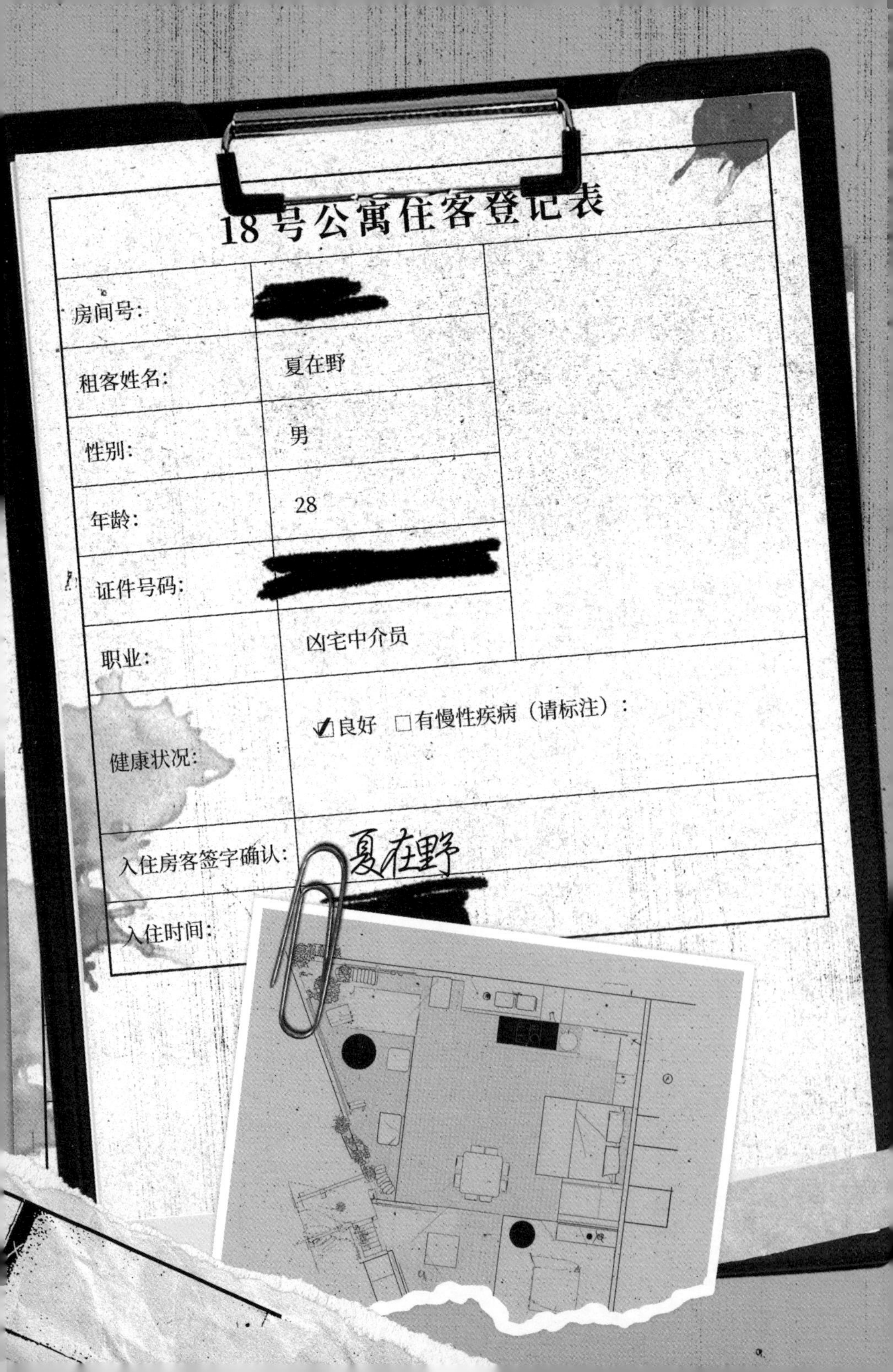
18号公寓住客登记表

房间号:	[redacted]
租客姓名:	夏在野
性别:	男
年龄:	28
证件号码:	[redacted]
职业:	凶宅中介员
健康状况:	☑良好 □有慢性疾病（请标注）:
入住房客签字确认:	夏在野
入住时间:	[redacted]

第五章

最佳盟友

文/蓝筝

第五章 最佳盟友

1.

在讲述这个故事之前，我想先问各位一个问题：你们敢住凶宅吗？就是那种死过人或是有人被杀的房子。

有些朋友可能接受不了，觉得晦气；但也有能接受的，毕竟租也好，买也好，天大的便宜，不占白不占。

但其实凶宅也没那么好找。

我刚入行的时候，就问过老大一个问题：“要是没那么多凶宅给咱们卖呢？”

男人一口烟吐我脸上：“二愣子。”

说完，那点火星被碾灭在了顶楼的墙壁上。

“没有凶宅，那就造咯。”

2.

我叫夏在野。

说出来你们可能不信，十四岁那年，我用凶宅救了我妈的命。

我是人贩子堆里长大的孩子。

我妈是那个年代的大学生，漂亮，曾经被人贩子以二十万的高价卖给了大老板。但她心性太野了。

都说女人有了孩子就收了心，可她趁着怀孕时男人放松警惕，差点把人给杀了。

大老板把她扔了回来。那时候我妈已经被折磨得有点疯疯癫癫了，只知道护着自己的肚子。

本来这伙人想把我也卖掉，毕竟是个男娃。

可我意外地很上道，三岁就知道笨拙地帮着收拾碗筷。五岁那年，有个小女孩想跑，被我连哄带骗地带了回来。

当时的人贩子头目，大家都叫他铁哥。男人把我捞起来重重亲了一口，说："这小崽子真不简单啊，比你们一群看不住人的废物有用多了！"说完哈哈大笑。

等到了十四岁，我坑蒙拐骗无所不通，已经成为铁哥身边最机灵最得宠的孩子。

我知道，我在干坏事，十恶不赦的坏事。

可那又怎样？我要自己吃得饱，我要我妈在后厨不被那些女人作践欺负。她们知道我得铁哥喜欢，没人敢管我。

但这事不可能瞒得过铁哥。我想，他应该巴不得我多个软肋，因此也睁一只眼闭一只眼由我去了。

妈妈是经受暴雨摧败了的花，没关系，我可以再养她一遍，她逐渐恢复了昔日的丰盈和美丽。

可是某天，铁哥亲热地喊我过去："阿野，你妈只听你的，让她去陪一个老板出去玩玩，我给你两千块。"

我当时感觉五雷轰顶。

他是什么时候盯上我妈的？

我立刻跪下来，像狗一样匍匐在他面前。我说："干爹，我可以去拐人，拐更多人，我也可以去偷去骗去抢。别让我妈去，求你了，别让我妈去。"

他沉默了几秒钟，然后抬脚踹在我的肚子上："平时给你脸了是不是？你干活是你应该的，她凭什么白吃白喝？老子有的是办法让她听话！"

他没骗我。

这些年，铁哥的生意越做越大，我不敢想如果母亲抵死不从会被怎样对待。

眼泪涌出来，又被我自己硬憋回去："铁哥，我来。"

他这才把我给扶起来，立刻变得和颜悦色："哎，这才懂事嘛。阿野，你得分清楚，一个疯子娘和一个干大事的爹，你更需要谁，对不对？"

于是那天，我骗我妈，说带她去城里玩。她对我一点戒心都没有，高高兴兴地上了面包车。

金老板是个暴发户，距他三米开外都闻得出他身上散发的烟酒交织的恶臭。他这样猥琐不堪的人，要玷污我妈。

怎么办？怎么办？

我一路上死死掐着掌心。我妈发现我不对劲，伸出她温暖的双手包裹住我的手，朝我温柔地笑。

我哑声说："妈，我们玩个游戏，等一下你就装作不认识我，好不好？”

作为团队里一个普通马仔，我应该贪财，好色、谄媚、粗鄙。

等见到了男人，我悄悄地问：“老板，光在歌厅酒店多没意思，这女人带出来一趟可不容易。要不要玩点刺激的？”

我又说，我知道离这里不远有片树林，那里的房屋说是要拆迁，住户都搬走了。树林旁边就是河，依山傍水谈情说爱，那不知道有多爽。

我当然是骗他的。那片树林再往前就是农村，据说谁家如果有老人不想养了，就扔去那里自生自灭。

那里的屋子也不是要拆迁，而是死过不少人，因此河滩一带渐渐成了三不管的地界。

而我，无非是让那里多死一个人。

当胖男人拖拽着我妈进屋的时候，我一板砖拍在了他的后脑勺。

第一次杀人，我不知道怎么样才能彻底杀死，所以砸了许多下。

我大口大口喘气，居然觉得有一种诡异的快感蔓延开来，可是母亲却崩溃地大哭起来：“不要，不要！不要血，好多血，会死人的，会死人的。阿野，你流血了——救命啊——谁来救救我的孩子——”

我试图解释，试图让她停下来，可是都没有用。

妈妈的眼睛那么漂亮，此刻却眼泪汹涌，眼底全是恐惧与绝望。她尖叫着，不肯让我接近，说她要报警抓坏人。

我忍无可忍地怒吼："你乖一点行不行！别给我添乱了！"

她呆住了，我也愣住了。

我的泪水也不自觉流了出来："妈，妈妈对不起……我……我不是故意的。你别害怕我，我会保护你。"

忽然，我凭着直觉回过头，正撞入一双沉静幽深的眼睛里。

我感到脊背一阵发寒：有人目睹了我全部的杀人过程！

当时我想，杀一个人是杀，杀两个也是杀。可少年推了推眼镜，开口的第一句话就是："你这么杀人会被发现的。我可以帮你销毁证据，不过你欠我一个人情。"

"我凭什么信你？"

少年的语气依旧平静："全程我都在看，被你杀死的人意图强奸妇女未遂，且被你母亲抓伤，可看出搏斗痕迹。他的致命伤在后脑，是钝物撞击造成的。那么，凶器可以是你手里的砖头，也可以是河里面的石头。"

我蒙了，他说的这些话过于专业，我听不太懂。

紧跟着，他开始还原犯罪场景："如果这个老板迷晕了女人，带到河边，恰好遇到了我……我试图阻止，他却给了我一拳，我们在争执打斗中掉入湖里。我一个本地人，熟悉水性应该很合理吧？而他，在搏斗中后脑勺意外撞上石头，之后，顺理成章地沉入湖底。"

"你可以打听一下，我叫沈苗，是全村唯一跳级考上重点高中的人，大家都会相信，我是个正直善良的好学生。"

"那我呢？"

"什么你？"沈苗反问，"你是谁？你来过吗？你不应该在酒店里守好你的门吗？"

我又问：“你为什么帮我？”

沈苗冷静的样子完全不像一个高中生。

“不是帮你，是利益交换，我自然有需要你的时候。”

我看了看在我身边因害怕而颤抖不已的母亲。

好像，命运从未给我们别的选择。

3.

后来这件事真的如沈苗所说那样解决了，甚至上了当地新闻。媒体采访过之后，大家都在夸沈苗年纪轻轻，见义勇为。

金家自觉这事儿办得丢脸，也没闹。

铁哥不得不信。但他觉得我妈晦气，我也是个蠢货，居然傻不拉叽地站在酒店里等，以至于闹出人命来。所以，他胡乱扔给我两千块钱，把我连同我妈一起赶了出去。

就这样阴差阳错地，我们获得了自由。

我带着妈妈搬到了第三拖拉机厂旧厂街。据说这里因操作失误，有工人被卷进机器里成了肉泥，然后就荒废了。

有人可能一辈子也不会踏足凶宅吧，但我不同。

曾经死过人的木屋拯救了母亲，现在死过人的铁皮房收留了我们。

凶宅有多凶？恶鬼有多恶？比得过人心吗？

只要能活下去，我什么都不怕。

而我没想到居然会在猝不及防的情况下再度遇到沈苗。

彼时已经快要过年了，很多人会在新年把闲置的东西往外丢，我就挨家挨户捡。

那天，我背着纸壳拎着铁桶，在风雪飘摇里深一脚浅一脚往家走，走到工厂前发现了不对劲。有个浑身是血的人靠在铁皮房外面，周围有三四个黄毛混混。

我仔细看才发现，那被揍得不成人形的正是沈苗。

我低低骂了一句，随手从地上捡了根称手的钢棍：“我急着回去过年，你们一起上吧。”

忘记说了，我很擅长打架。其实没什么特别的技巧，就是狠，当你狠到打起来不要命的时候，别人自然都怕你。

混混们落荒而逃。

“我果然没看错……”沈苗咧着嘴朝我笑，“你可真是个打群架的高手啊。”

“现在咱们两清了。”我面无表情，“你走吧。”

“能不能再让我吃顿饭？”

“不能。”

他苦笑一声：“好吧。”

然后他一瘸一拐地爬起来，在不远处又重重地摔了下去。

我满肚子的火，但又怕他真的死在我家门口，于是连拖带拽地把人给提了起来，往厂房另一端走去。

“……干什么？”

“洗干净了再进屋，”我说，“我妈怕血。”

这里的水管意外地还能用，不过没供热水，冬天水管里的水更是冷到刺骨。只要不是死人，洗完后保证立马清醒。

那是 2008 年的春节。我、沈苗，还有我妈，我们仨挤在小小的收音机前面听春晚。

窗外遥远的地方不时传来烟花爆燃声。一个没留神，炉子上热的烧烤煳了，但还是很好吃。

沈苗抱膝坐在沙发上感慨：“你家真温暖啊，真好。”

我给我妈喂饭，眼皮都没抬一下：“这里死过人。”

他叹气：“夏在野，你是不是对凶宅有什么执念？怎么走哪儿都是凶宅呢？你住着不害怕？”

“怕个屁，我八字硬，你怕你滚出去，回你自己家。”

沈苗扬起脸，看着窗外出神：“我回不去了。我爸赌博，把家底赔光了。现在家门口蹲的全是要债的。他们说，再不还钱，就把我写字的右手剁了。你知道，我付出了多少努力，才能在穷乡僻壤的地方考上市重点吗？可我爸要毁了我。”

屋内陷入沉默。

我不善于安慰别人。半晌，我说：“不大清楚，我没爹，也没上过学。”

沈苗抿了两口啤酒，忽然很认真地看向我。

“但我知道，有一点你和我是一样的。”

“什么？”

“不认命。”

4.

那天后，沈苗问我想不想读书。他能从高年级弄来人家不要的教材，把他的笔记给我。

我得空就拼了命地看书，沈苗有句话说得对，我不能是文盲，早晚有一天会出现拳头解决不了的麻烦。

可惜日子没能平静太久，我被一辆黑车带走了。

在很大的麻将馆里，人声喧哗，烟雾缭绕。上了二楼，有人正要照着我膝盖窝狠踹一脚，被坐在中间座位上的中年男人拦下来了。

他看起来斯斯文文，穿着深灰呢子大衣，戴着眼镜，像是个讲道理的人。可是沈苗却凑过来低声告诉我，他爸就是被这个人引诱着走向赌博不归路的。

“夏在野，对吧？”中年男人和和气气地笑了笑，“叫我龙经理就好。你别紧张，我不找你的麻烦，也不找你朋友的麻烦，恰恰相反，我很欣赏办事利落的人才。”

“还有你，沈苗，只要你肯一面上学一面跟我干，你爸欠的债就一笔勾销，你所有的学费生活费都由我来出，如何？”

沈苗拼命暗示我，眼前的笑面虎不是个好东西。

我当然知道，可是他已经知道我家在哪儿，我绝对不能让我妈陷入危险。

“我干。”我说。

沈苗有些无奈，更像是屈服，也低下头：“我跟他一起。”

周末，深夜。龙经理让我俩上车，这是我第一次坐宝马。

他指着路边正对着树喃喃自语的流浪汉，说：“那个醉鬼，看到了吗？你俩的第一个任务就是把他拖到这个小区里，注意不要被人发现了。”说完，丢给我一部小灵通，“剩下的，到里面听我指挥。”

我满头雾水，但来的路上我们已经各自收了五百块钱。

我绕道走到流浪汉身后，一手刀给他劈晕了过去。那个男人很瘦，我和沈苗两个人抬着不算费劲。

周边的监控并不算完善，可能是老小区，里面更是连路灯都没有，黑灯瞎火的，只能凭借着零星的光看清前路。

寒风中，我打电话给龙经理。他说："找到 504 号房，想办法弄开房门，放心，里面没人。"

沈苗会撬锁，我一鼓作气把人从黑黢黢的楼梯间抬进去。累得满身是汗，同时更加费解了。

"这流浪汉身上又没钱，咱们给他挪屋里有什么用？栽赃他入室抢劫？"

沈苗还没说话，流浪汉忽然醒了过来，睁大双眼直勾勾看着我们！

5.

说到这里，我顿了顿，给自己倒了一杯茶。

这栋公寓的气息很熟悉，腐朽、潮湿、阴暗，就像我后来经手的无数凶宅一样。

有人不由得追问："后来呢？"

也有个年轻姑娘提出疑问："这和你要讲的凶宅的故事有什么关系？"

我不紧不慢地放下杯子："后来，那人要叫喊，我们怕惊动其他住户，报警把我俩给抓了。我还要照顾我妈，沈苗还要上学，没办法，我们只好把人从五楼扔了下去。"

不知道是不是走廊里的风哗啦啦吹过。我清楚地看见有人打了个寒战。

"至于凶宅——死了人，不就成凶宅了？！"

实际上，被我省略的部分是：在杀人之前，我和沈苗爆发了激烈的争吵。

那个流浪汉被我们俩一起摁在地上，还在挥舞着双手拼命叫喊："放开我！时间来不及了，我要去考试！我是未来的高考状元！"

他是个疯子，神志不清、无家可归的疯子。

沈苗忽然抬起头，那双漆黑的眼明亮锋利，直看得人心间一颤。

"你要杀他？上次你杀那个老板，是因为他要强奸你母亲，我能理解。这次呢，这次为什么？回答我，为什么？就因为受龙经理指使？"

我愣了几秒钟，然后暴跳起来："为钱啊，还能为什么？！你以为我是什么好东西？我为了钱什么都做得出来！"

"还有你，沈苗，你也别装，你早就作过伪证了不是吗？什么为了帮我，你那是为了拿奖金！你不想早点摆脱那群追债的？要不是因为救你，我又怎么可能惹上龙经理？是谁跪在那里求我说自己的前途不能被毁的！"

最终，我拖着流浪汉的头，他拖着脚，我们把人从窗户上丢了下去，伪造出意外坠楼的假象。

那一瞬间，军绿色的棉服被锈蚀的铁栏杆撕开。大朵大朵的棉花飘落，像是落下一场骤雪。随后，便是全身上下的骨骼瞬间挤压碎裂的沉钝声响。

男人歪斜着嵌进雪堆，右腿诡异地折向背后，身下的血泊逐渐蔓延开来。

无人探出窗来看，远处有更盛大的烟花，我这才想起来，今天是元宵节。

回去后，龙经理从他的钱夹里抽出一沓子钞票，撒了满屋。

“看到了吗？有时候死人比活人有用多了！”

沈苗不想干了。

他认为我们俩也攒了一些钱，干脆趁现在跑路，换个城市换个身份生活。

“夏在野，你为阿姨想想，龙经理只要知道她的存在，就会一直用这件事作为要挟，没完没了。”

我答应了。

结果自然是没能跑掉，我们俩在火车站被人堵了回去。我护着我妈，根本不敢打架。

再次被抓到麻将馆，龙经理可没那么客气了，在那群人对着我们拳打脚踢之后，他一甩棍直接朝着沈苗的脑袋劈了下去。我当时也不知道怎么想的，就想他是要读书的人，扑上去替他挡了一下子。

沈苗的眼睛里布满了血丝，说不清是痛苦还是仇恨，或是夹杂着别的。

我感觉脊梁骨都要被砸断了，却还是用力挤出一个笑：“龙经理，这小子又没家人，你让他鱼死网破什么都得不到。我有，只要你给我钱，我保证心甘情愿地跟着你干。你就放他去读书吧，万一将来有用呢？”

他们骂骂咧咧地离开了。

向来冷静的沈苗咬牙切齿地掉着眼泪，声音明显在抖：“兄弟，你等我，等我读书读出头了，我弄死这帮渣滓。”

我四仰八叉地瘫在地上，喘气。

“行啊，等我要是混上去了，把那个老登干下去，我开豪车接你。”

6.

沈苗回去上学了，我则被龙经理安排进了一家中介公司。负责人和龙经理问好，看向我的眼神充满了深意。

我有些忐忑，在路上问他：“哥，我没什么文化，能干这么高级的营生？我能卖房？”

负责人神秘一笑：“当然，因为咱们出售的不是普通的房子。”他带着我兜兜转转，最后车停在了……中鑫花园小区十三号楼。

“喏，原本挺好的楼盘，老是老了点，但胜在安静。谁知道有个醉鬼大晚上跳楼了，现在这片全划成了凶宅。不少人家争先恐后地打折出售，当然，卖不出去还能租嘛，我们就是从中捡个漏。”

我站在熟悉的楼下，雾霾弥散在眼前，好像能看到一个人被我们从五楼扔下来，炸出一大团血雾。

“你们只要租出去，抽十个点，再加上中介费……”负责人拍了拍我的肩膀，比了比手指，“四位数起步。”

我心动了。四位数，能给妈妈换一个好房子住，她就不用住在四处漏风的铁皮屋了。

直到打了无数个电话之后，一对老夫妇决定来看看房子。毕竟是推销凶宅，绝大多数客户没听完就大骂晦气，有人愿意上门那就是有戏。

我打足了精神，热情地招待介绍。

老两口说，他们家不在这儿，来这里是为了寻找他们失踪了的儿子。

我表面应和着，心里却在想：这绝对是讨价还价的借口，找亲人这种烂大街的骗术，我当年都用烂了。

老两口走进房间，妇人在旁边抚摸着斑驳的墙壁。

“我儿聪明啊，次次考试都是第一……老师都说他是好苗子啊……可惜多年前落榜了，不甘心，反复考，反复落榜，人渐渐就给折腾疯了。他愁哇，只好喝酒。那次喝多了就跑出来了，他应该还是想回家的，只是找不到回家的路了……我们两个老家伙就剩一点时间了，我们慢慢找他……”

丈夫似乎不愿再提往事，只是给我散烟：“老婆子上了年纪爱絮叨，别介意啊小伙子。”

那天签了合同，我拿到了很多钱，立刻搬了家。妈妈在干净整洁的新公寓里走来走去，看起来特别开心，可我一宿没睡。

那根烟被我点燃，火星子在黑夜里明明灭灭。我颤抖着用力吸了一口，因为过于生疏，把自己呛得直咳嗽，眼泪也掉了下来。

兜里摸出皱巴巴的一团纸——那是英语试卷，从流浪汉身上掉下来的，我怕被人发现就藏起来了，现在仔细辨认，原来空白处歪歪扭扭写的都是“对不起”。

夏在野，你和曾经痛恨的人贩子有什么区别?

老天啊，你在看着对吧。

如我这样十恶不赦的恶徒，早晚是要遭报应的吧?

我以为我会被噩梦和愧疚终日缠绕，可并没有。

没过多久，我就完全融入了龙经理所在的集团，并且对他的业务烂熟于心。

放贷，收贷，还不上来的就疯狂骚扰其家人，直到债主走投无路，被逼到把所有人拉黑。

我曾经问过龙经理："老大，就算凶宅能折价卖出去，我们从哪儿源源不断地找房源？"

他摁灭烟："二愣子。没有凶宅，那就造咯。你以为那些最终还不上债的人怎么处理的？"

我脑子瞬间转过来了。

他们滥赌，输光了钱，家人朋友或主动或被迫，早早与之撇清了关系。至于领导同事就更不会管，换句话来说，在某种社会意义上，他们已经死了！

"可是，咱们能一直造下去吗？"

他哈哈大笑起来："动动脑子。谁真正需要房子？穷人，穷到一定地步，谁还在意这房子是不是凶宅？有个地方落脚就谢天谢地了。"

说完，男人转过身，语气慷慨激昂："你记住了，弟弟，咱们不是干坏事儿，咱们是劫富济贫、积德行善呢！"

我怀疑龙经理是真的用这套说辞把自己说服了，他脸上甚至有一种……伟大的满足感。

后来，龙经理着手洗白了一部分产业，把它们变成了美容按摩店。

他跟我说，他要结婚了。婚后他的心思不可能完全放在公司上，他需要一个知根知底的接班人。于是，我渐渐开始接手这种灰产生意。

制造凶宅，倒卖凶宅，把控舆论散布谣言，让某个楼盘成为凶宅。

我一个没读过书的小混混，有着最不堪的出身，可是那又怎么样呢？我给我妈请了一个月好几万的护工，住着最高级的疗养院，我出入都有小弟保镖跟随着。

7.

二十三岁那年，我全款提了一套房。

龙经理老奸巨猾，他有那么多钱都不敢招摇，我自然不会傻到大张旗鼓地把自己不清不楚的资产全亮出去，只是按照妈妈的意愿，选了个既安静、环境又好的公寓。

她特别开心，精神也好了许多。我只觉得这才是她原本应该过的大好人生。

后来，赶上了大规模扫奸除恶打击黑势力的行动，不少大人物落马。

风声一紧，曾经那些勾连的房地产商更是跑得比谁都快。

几乎是瞬间变了天，公司的损失相当惨重。我不能在市场的旋涡中坐以待毙，必须得找新出路了。

彼时，沈苗硕士毕业，他在校成绩优异，据说已拿到了化学和金融专业的双学位。

这些年来我们一直保持着联络，他屡次劝我小心行事，务必保全自身。

我暗自摇头，并不认同，心想读书人就是胆子小，我如今的荣华富贵难道是靠过安稳日子得来的吗？

沈苗参加毕业庆典当天，我如同多年前约定的那样，开着迈凯伦去接沈苗。

阔别多年后，我与旧友重逢，心里实在是感慨万千。

这小子，长得倒是越来越像个文化人了。

我和很久之前一样，与他勾肩搭背，问他："说吧，去哪儿，哥请客。"

沈苗大概对这个阵仗有些意外，表情多少有点不自然："随便，兄弟叙旧，去哪里都行。"

我包了市中心 CBD 最豪华的商务间。

推杯换盏，酒过三巡。

沈苗跟我说，他给自己改了个名字。

曾经他爸忙着赌牌，取名取得随便，看见庄稼地里的菜苗，就叫他沈苗了。

"我现在叫沈识青。"他慢条斯理地轻推眼镜，"已识乾坤大，犹怜草木青。怎么样？"

我笑着鼓掌："好好好，不愧是文化人。读过书就是不一样。"

趁着酒劲上头，我半开玩笑半认真地说："高才生，你可得来帮帮我，现在的生意难做啊。"

可是，对面的沈识青却欲言又止："哥，你能不能停手？"

我打了个哈哈："你小子别开玩笑了。"

"现在公司上上下下几百口人，等着我安排混口饭吃呢。"

"我说真的。"沈识青正视着我的眼睛，"曾经我们走投无路，不得已做了一些错事……但是人不能一错再错，一条路错到底。"

我的笑容淡去。

“前段时间我听人讲起，鸿兴大厦扩建的工程出了点意外，死了十几个工人。那一整片楼都停工了。哥，这件事你听说过吗？”

我不轻不重地撂了筷子：“什么意思？沈识青，你到底想说什么？想说我冥顽不灵，想说我死不悔改？别招笑了，要不是我，当初你怎么安安心心上你的学？要不是我，你早被龙经理弄死八百回了！要不是我，我妈那几次做手术的钱都掏不出来！谁给过我选择啊？我告诉你，所有人都能来骂我两句，说我肮脏下作，唯独你不配！”

我指着他的鼻子骂，骂到最后，看清沈识青眼底的一层泪。

“不是，我不是嫌你的钱脏，”他有些痛苦地将十指插入发间，随后抬起头，用那双布满血丝的眼睛瞪着我，“我是怕你出事！夏在野。我在律所实习的每一天，看的每一份卷宗，我都怕与你有关你知道吗？”

我烦躁不已：“怕我出事就来帮我干活！说那么多屁话有什么用！”

沈识青说，给他一点时间想想。

那天的酒局最终不欢而散。

8.

“你怎么这么贪婪？”

“是啊，明明早就可以收手的。”我深吸一口气，忽然问了个风马牛不相及的问题，“你们相不相信这世界上有鬼神？”

众人面面相觑。

“可能是我作孽太多了吧，厉鬼缠身，周围的人也不得善终。”我笑了笑，只是那个笑容比哭还难看，“我妈，在她的生日当天，跳楼自杀了。”

这些年，我坚持给母亲做康复治疗，她便逐渐有了片刻清醒的时候。

有次她跟我说，她的生日是四月十六，小时候每个生机勃勃的春天，她都会收到爸爸妈妈送的鲜花。她还说，她想起自己曾经很喜欢跳芭蕾舞，是舞蹈社的社长。我亲手把阳台改成了舞蹈室，还问她需不需要请舞蹈老师。

母亲是我唯一的软肋，只要是她曾经的遗憾，我都会尽可能满足。

那天也是四月十六，我又一次找到了沈识青。我说：“今天不谈生意，咱回家陪我妈过生日。”

沈识青答应了。

路过花店，他主动提出去挑束鲜花。不久，他抱着一大束包好的鸢尾花与白玫瑰走出来。

我问他怎么懂这些，我看和路边绿化带里的没什么区别。

沈识青给了我记白眼：“一看你就是这些年没谈过女朋友。”

“这么说，你谈过不少呗？”

“谈个屁啊，我在实验室一天天的都快忙死了。”

我俩互相吐槽着对方，好像又回到了过去，那些芥蒂不曾存在。

直到走到公寓楼下，我远远就看到了妈妈，她换上了我曾经为她买的红舞裙和鞋子，站在阳台上起舞，她不断地旋转，层层叠叠的裙摆像燃烧的火焰，也像盛放到极致的牡丹花。

“阿姨！”沈识青嘴角噙着笑，挥手打招呼，“夏阿姨，这是我们为你准备的鲜花！生日快乐！”

妈妈看到我了吗？她的表情，为什么……不知道是不是我的错觉，为什么在穿过五楼望下来的时候，充满着无法言喻的悲伤？

下一秒，燃烧着的花朵从半空中坠落，砸在了我和沈识青面前。

血溅上了白玫瑰，星星点点，触目惊心。

我的眼前变成了无数混乱的色彩交织的慢镜头，世界在我眼前崩坏碎裂，每一帧都像是利刃捅入我的心脏。

“妈。”我小心翼翼地把女人抱起来，生怕吵醒她，“妈，咱们回家好不好？今天是你的生日，我做长寿面给你吃好不好？”

不知道什么时候，红蓝交织的灯在眼前闪烁，周围聚集了好多看客，他们太吵闹了。

沈识青想上来拉起我，被我一把甩开。

原来人绝望到了极致，居然真的会发出野兽般的嗥叫。

那一天，我失去了我在世界上最后的亲人。

多么讽刺啊！

我曾经靠凶宅逃脱罪责，也靠着凶宅度过最艰难的时光，靠倒卖凶宅发家，最后我的母亲死在了家门前。

警察说，她的精神状态本来就不稳定，何况人到中年，也不排除阿尔茨海默病的可能性，最终判定为自杀。

我强忍悲痛，操持了母亲的葬礼。

回家收拾东西的时候，我却发现，原本被自己锁在次卧的记账本不知何时摊开放在了桌子上。

那一刹那，我浑身上下的血液好像一寸一寸被冻住了。

母亲是什么时候知道密码的？

她为什么要翻开我的账本？

互联网太容易留下追踪的痕迹了，为了防止后患，我专门用了一种加密语言记录这些年来的重大交易，这还是当初沈识青教给我的。

可母亲也是重点大学毕业的高才生，如果，如果她有片刻的意识清明，然后翻开了账本，意识到这些年来她的儿子都做了些什么……

我脱力跪在地上，身体控制不住地痉挛抽搐，心脏痛到像是被死死攥住了，一口气都呼吸不上来。

我这些年和道上交易的次数不少，被打断肋骨的时候，被子弹洞穿肩膀的时候，我眉毛都没皱一下，可现在，我抱着账本泪流满面，泣不成声。

“是我害死了我妈。”我又哭又笑，如同癫狂，“沈识青，世界上怎么有我这种渣滓、垃圾、畜生，我害死了我妈！”

他眼圈也红了，半跪在地上与我平视：“哥，不怪你。”

“是我的错。”

“不是的，可能阿姨这些年活得太累了，她想解脱而已。”

“我这就去死，我要当面问她。”

我用力撑着地面想要站起来，被沈识青一拳揍倒在地。

“夏在野！”

“你是不是失了智了！你忘了是谁逼我们走上这条道的吗？是铁哥，是龙经理，是他们这群恶徒！如果有的选，谁不想两手干干净净，谁不想出生就安稳顺遂？谁愿意赚着死人钱过日子啊！你就是把自己杀一千遍，只要他们还在，就会有千千万万个你被逼出来！”

他说得对。我用了一周的时间把自己关在屋子里，想明白了，然后将自己的银行卡递给了沈识青。

“放心，这里面的钱洗干净了。”

他满眼警惕：“哥，你要干什么？”

我笑了，笑得前所未有地畅快：“亲人没了，我还能有什么顾忌呢？当然是送那些罪魁祸首一起上路了。”

9.

铁哥改了名。自从国家严打拐卖妇女儿童后，他洗手上岸，做了个工厂的小领导。

除掉他太轻松了。

我拎着染血的榔头，盯着男人临死前错愕又恐惧的眼神，只觉得无比可笑。

原来这些罪孽深重的人早就忘了自己做过的恶，被他们坑蒙拐骗的受害者，却整个余生都活在阴雨里。

后来，我用了点手段查到龙凯旋，他成了工程师，在去视察某个建筑工地后，再也没回来。

毕竟，是他亲自手把手教我怎么制造意外的。

这座城市的房地产业以我为中心掀起腥风血雨，曾经的云峰国际爆炸案更是轰动一时。

而我也斗到惨败，一无所有，潦倒至今……

“以上，就是我的故事。至今我仍然不知道我母亲为何突然自杀，可能这就是凶宅带来的报应。是我罪有应得吧。”我长长呼出一口气，如释重负。

大家看我的眼神从一开始的敌对、憎恶，到现在变得复杂。

人性底色本来就不是非黑即白。

坐在我对面的年轻女孩忽然开口：“你说出来，是希望得到大家的怜悯吗？你配吗？”

她这句话落地，所有人齐刷刷地看了过去，女生却直勾勾地盯着我：“这个半真半假又漏洞百出的故事，实在不像一个G大毕业的高才生硕士的水准。是不是啊，沈——律——师？”

沈识青面不改色：“我听不懂你在说什么。”

那个眉眼锋利冷峭的女生却摇头：“不不不，你太希望能有一个人听懂真相，戳穿你的谎言了。聪明人机关算尽的布局，如果始终无人知晓，那该有多苦闷呢？”

沈识青拍案而起，看了一眼她的胸牌，语气更加咄咄逼人：“龙潜小姐，你既然是报社记者，就更应该清楚，说话做事要讲证据。而不是凭空捏造。”

她低头一笑，并不恼怒：“好啊，那不如来听听我还原的故事版本——”

沈律师，不得不说，你的故事的确很感人。

一对游走在社会边缘互相救赎、彼此扶持的好兄弟，为了活下去，那么拼尽全力。

我甚至可以承认，你讲述的故事有一部分真情实感，也许你们曾经真的是最佳盟友。

不过，让我猜猜，事情是什么时候开始发生转机的呢？

夏在野可是替你挡下了差点改变你命运的那一棍，发自内心，你应该是觉得亏欠他的吧？

不过“恩情”这种东西很玄妙，升米恩，斗米仇。还得清的时候一切好说，若是太重了，物极必反，倒容易成为横亘在两个人之间的仇怨。

你虽然是名校硕士毕业，可那时候的你还在律所实习，工资有没有三千都难说，而你那没有正经读过书的兄弟，却开上了车。

沈识青，扪心自问，你难道就没有片刻的失衡吗？没有叩问过，凭什么你十年寒窗到头来居然比不上一个混混？

当然，这些都算不上根本矛盾。根本矛盾是，夏在野想要拉你入伙。

而你好不容易洗干净一身羽毛，成为名校高才生，你才不要蹚这个浑水。

可你这些年受到夏在野明里暗里多少资助？你有什么脸面直接拒绝？更何况看到大堂经理和下属们毕恭毕敬的态度，你真的敢拒绝吗？

没有人比你更清楚夏在野对其他人的手腕。

可是沈识青，他或许对不起很多人，唯独没有对不起你。

你既要接受他那些肮脏的钱供养自己，又想和这个随时可能拖你下水的人撇清关系。

于是你找到了夏阿姨，也是夏在野唯一的软肋。

你最擅长的就是借刀杀人，所以你不会直接告诉夏阿姨真相，你只需要慢慢引诱，然后静待一个良机。

果然，在你的计划之内，夏母自杀了。

夏在野沉浸在悲痛里，他忽略了两件事：

第一，他只看到了被打开的账本，猜测母亲是因为知道了自己这些年所作所为受不了崩溃自杀的。可是，被加密的语言是你教给他的啊！以夏阿姨的精神状态，就算有片刻的清醒，她来得及去学一门新语言吗？

第二，为什么死亡的时机如此巧合？

心理学有个名词叫作“吹狗哨效应”。你带来的那一束鲜花真的是祝福吗？还是你看过夏阿姨的复健日记，她曾经提到过，自己大学毕业的那一年，也是生日那天，她被陌生人送了一束花，随即被迷晕带走。

白玫瑰根本不是她的希望，而是噩梦。

那天她看到亲生儿子捧着花束——带给自己无尽噩梦的花束，加上你的长期心理暗示，让她误以为夏在野走上了人贩子的路，他终于也成了毁掉自己人生的那群人贩子的帮凶和同谋！

沈识青，你不用这么惊讶。

你此刻在想，为什么我知道这么多，对吗？

我的父亲也是罪人，你认识，他叫龙凯旋。

自从数年前的云峰国际大厦爆炸案发生之后，我就一直在调查当年的事。因为我不敢相信。

他在家里，一直都是一个好丈夫，一个好爸爸，居然在死后被扒出那么多罪行。

曾经我也觉得，夏在野制造爆炸案一定是为了钱，他不过是不小心把自己也搭进去了。

而我为了查清楚真相，几乎走遍了这座城市所有的住宅楼，我去过夏在野经营的公司，也去过他母亲就诊的医院，甚至见到了她的心理医生。可是越调查下去越发现，他的生活根本不算奢侈，赚的钱要么给了你，要么就是给母亲做了手术。

甚至，夏在野的公司曾有在职员工说，他找你商议的根本目的是转行。

沈识青，所以在你的描述里，那个花天酒地、贪婪无度的夏在野，到底是真的，还是你给自己种下的心魔？

看着我，回答我。

10.

我听到自己的呼吸，黏腻，浊重。多年前那个血色的春日好像被刻刀永久地刻在了记忆里。

“我没有想杀夏阿姨，我只想让他收手而已。而且……”我听到自己的声音一字一顿，酝酿着即将彻底爆发的情绪，“她本来就病入膏肓了，为什么还要拖着夏在野呢！那么多钱流水一样地花出去，只为了吊着一个将死之人的命，那些钱为什么不留给我？我是栋梁之材，我有锦绣前程，我是他夏在野走在光明里的唯一可能！”

我从喉咙里滚出“嗬嗬”的低笑声：“龙潜，你猜你父亲为什么要洗白上岸，他怎么不让你接手他的生意继续做下去？因为这条路一旦踏上去根本就无法回头了！”

说完，我蓦地喷出一口鲜血。

龙潜只是诧异了片刻，很快，她的表情变得复杂，眼神里甚至夹杂着怜悯：“沈识青，现在，也终于轮到你感受病入膏肓，却又恐惧死亡的感受了吗？”

是的，我继承了夏在野的一切资产，甚至利用我精通的某些法律手段将其合法化，漂得干干净净。

明明我是精英律师，我是化学天才，明明我拥有无限可能。可是，在我二十八岁正值壮年的时候，却检查出了癌症。

因果报应终于降临在每一个作恶的人身上，包括我自己。

龙潜忽然发出一声凄厉的尖叫，吓得坐在地上，她指着我，却说不出任何话来。

“你……你后面……那是谁？”

谁？能有谁？

我冷笑着让她不要诈我，可是在座所有人的目光都齐刷刷地看向我身后。

他们脸上的表情格外恐惧……不，那甚至，不像是对人类应有的恐惧。

我的脖子就像年久失修的发条，僵硬地一寸一寸向后转。

忽然，我似乎听到了飘荡在空气里、久违的熟悉的声音。

“沈识青，为什么，我们不是好兄弟吗？”

又来了，他又来了！

一张爆炸后面目全非的脸悄无声息地出现在我面前，近在咫尺。我只来得及发出一个单音节，手臂下意识攀上老旧的铁栅栏，然后，一脚踏空。

风声呼啸，眼前天旋地转。

那些人全部围上来看着我坠落。

最后，我好像看到了女孩做出的口型——

“这位住客，淘汰。”

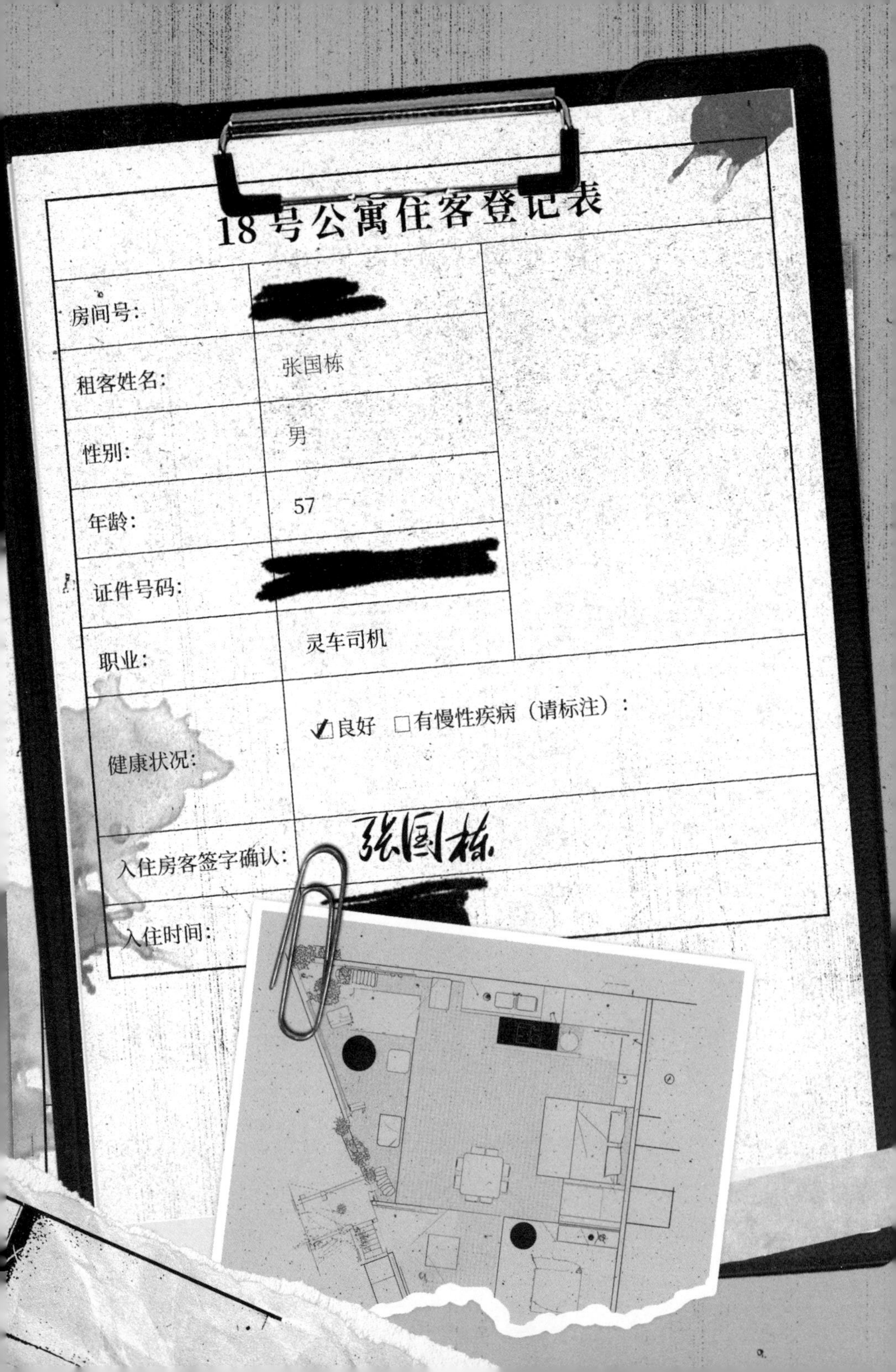

18号公寓住客登记表

房间号：	[redacted]
租客姓名：	张国栋
性别：	男
年龄：	57
证件号码：	[redacted]
职业：	灵车司机
健康状况：	☑良好 □有慢性疾病（请标注）：
入住房客签字确认：	张国栋
入住时间：	[redacted]

第六章

灵车

文/白药箱

NO. 18 APARTMENT

第六章 灵车

1.

晚上九点，一辆黑色的加长面包车慢吞吞地行驶在 M 市的外环上，后面的奥迪汽车按了几次喇叭都没用，只能变道超车。车主在超车的时候习惯性地想骂两句，眼尾却瞄到加长面包车的车身上印了一行字——M 市殡仪馆专用车。

刚到嗓子眼的问候瞬间被车主咽了回去，只低低地吐出一句“晦气”，便踩了一脚油门开远了。

加长面包车的司机则浑然不觉，依旧保持着老牛耕地一般的速度缓缓开着车。

司机老张是个 50 多岁两鬓斑白的男人，已经给殡仪馆开了 5 年车，今天接的是个交通事故的死者，内脏严重受损。

小柳是个 20 岁出头的小伙子，刚上岗不久，这是头一回遇见车祸的死者，回去的一路上，一直在副驾驶位上捧着个塑料袋，时不时呕两下。

老张瞥了眼面色苍白的小柳，安慰道："没事，大家都是这么过来的，习惯了就好。"

小柳哭丧着脸："这得啥时候才能习惯呀……呕……"

老张："你来之前不知道吗？他们怎么招的你呀？"

小柳："我就是不想……呕……在工地搬砖了，想着这份工作比工地清闲……呕……"

老张叹了口气："年轻人想得就是简单。"

小柳有点不服气："那你又是为啥来这儿的？"

老张沉默了片刻，道："我？我原来是开出租的，后来年纪大了干不动了，才找了这么个活儿。"

这套说辞听上去天衣无缝，小柳也没有怀疑，但实际上老张撒谎了。

他以前确实是个出租车司机，但 40 岁那年，他的儿子在学校被霸凌致死，施暴者却因是未成年而逃脱了刑罚。痛失爱子的老张一时冲动，刺瞎了那个施暴者的眼睛，获刑 10 年。

出狱之后，老张背着案底找不到工作，打了一年零工，后来听说本市的殡仪馆在招搬尸工，便去试了试。人事听说他以前是开出租的，就让他做了灵车的司机。殡仪馆里都知道老张开车特别稳，从来不会让尸体磕了碰了，所以一些不好接的尸体，领导都会安排他去，比如今天这位死者。

M 市殡仪馆建在郊区，晚上路上没什么人，老张像往常一样平稳地开着车，路灯的光一盏一盏地扫过车顶，像是沉默的注视。或许是初秋天气乍冷的缘故，风有些大，两旁的行道树凌乱地晃动着枝丫，像是巨大的触手一般张牙舞爪。小柳也吐累了，蔫在副驾驶位上靠着，气氛变得非常安静。

老张泛起些许的困意，他打了个哈欠，用力地眨了眨眼睛，想让自己精神起来，眼前却忽然出现了一道人影。一个小姑娘穿着蓝色的校服，梳着两个小辫子，直直地在挡风玻璃前看着他。

老张心中大惊，“吱——”一下踩了急刹。

“呕！”小柳刚平复一点的肠胃再次喷出了酸水，“你干吗呀！呕！”

来不及和他解释，老张拉上手刹，解开安全带，下车查看。

然而道路上空荡荡的，什么都没有。

“怎么啦？”小柳也从车上下来，疑惑地看着老张。

“我刚刚……好像看见有人站在这里。”老张不确定地说。

“没有啊，我刚才一直看着路，路上啥都没有。”小柳肯定地摇头，“你是不是走神了？”

“可能是吧，刚才有点困了。”老张捏了捏鼻梁，“没事就好，回去吧。”

虚惊一场后，两人回到了车上，小柳迟疑地问：“刚才急刹车，后边那位……不会有事吧？”

老张露出一脸发愁的样子：“估计更碎了，你去看看？”

小柳的脸立马白了。

“吓唬你的！”老张嘴角弯了弯，“先回馆里再说。”

大不了就是给仪容整理师递条烟请顿饭的事儿。

老张更在意的还是刚刚那道影子，那个穿蓝色校服扎俩小辫的姑娘，老张是认识的。

她叫小芊，今年 12 岁，是老张所住公寓门口王保安的继女。他们一家三口就住在老张家正楼上，但平时没什么来往。

老张是在小区里喂猫时遇到的这个小姑娘，她好奇地蹲在一旁看流浪猫围着老张大快朵颐，眼睛里是止不住的羡慕。

“它们好喜欢你呀！”小芊对老张说，“平时我想摸一下它们都摸不到，稍微离得近一点，它们就都跑啦。”

听着孩童天真幼稚的话语，老张有些忍俊不禁，告诉她：“它们不是喜欢我，是喜欢我手里的吃的。”

后来，小芊就天天来看老张喂猫，运气好的时候还能遇到个心情好的猫让她摸两下。

王保安是知道老张的工作的，平时对他也总是爱答不理的，像是生怕沾上什么脏东西一样。

有一次老张忍不住问小芊：“你每天跑过来找我，你爸妈知道吗？”

小芊摇摇头：“我后爸说你是拉死人的，不吉利，但你是好人呀，不吉利的活儿好人也能做吗？”

小孩子不带任何恭维的夸奖让老张觉得有点不好意思，他摸摸鼻子问：“你怎么知道我是好人，万一我是个大坏蛋呢？”

“不可能！”小芊蹲在地上仰起脸瞧他，“你对猫猫们都这么好，对身边的人肯定更好！”

之后，她又低下头小声说：“反正，肯定比我后爸好……”

老张看着小小年纪就没了父亲的孩子，叹息了一声，伸手摸了摸她的头。

“以后你后爸要是欺负你了，你来找我，我就住在你家楼下。”

“真的吗？”

“嗯。”

2.

送完尸体，老张回到家已经快 11 点了，他照例拿了猫粮下楼去喂猫。但今天小芊没有出现，老张心里有些不安，昨天他拒绝了小芊一件事，不知道她是不是生气了。

算了，周末再跟她好好解释吧。

自从老张告诉小芊他家的门牌号之后，周末小芊偶尔会来他家里写作业，老张也乐于接待这个小小的客人。他一个人生活了很多年，家里冷冷清清的，没一点人气，只有小芊来的时候，老张才会捣鼓一些饮料和小零食什么的。但老张也一直跟小芊保持着距离，让小芊叫他“老张”而不是“张大爷”。毕竟丧子之痛太过深刻，他并不想再回忆起做父亲的感觉。

喂完猫的老张回到家里，在儿子的遗照前燃起了三炷香，捻起一串菩提子默默诵起了经。

老张并不信佛，只是儿子死得太惨，他必须逼着自己做点什么。听说佛经能超度亡魂，他便日日为儿子诵读起来。

做了灵车司机之后，见了各种各样的尸体，于是他不仅为儿子念，也为运送过的各位死者念，不知是不是心理作用，老张这么多年竟真的没有做过噩梦。

熄灯后，老张像往常一样酣睡过去。窗外的风好像更大了，呜呜地号叫着，连带着老张在睡梦中都仿佛听到了遥远的哭声。

不知过了多久，他忽然听到有人敲门。

“老张，老张你在吗？”

小芊的声音从门外响起，老张迷迷糊糊地下床，心道这姑娘怎么这会儿来了？莫不是出什么大事了？于是急急忙忙披了件衣服就去开门。

门外的声控灯不知怎的显得格外亮，小芊依旧穿着蓝色的校服，扎着两根小辫，脸却在灯光中模糊了轮廓。

“你怎么来了？”老张问。

小芊低下头，哭了起来：“你昨天为什么不答应我？为什么？”

“哎呀……”老张无奈地蹲下来，“不是我不愿意答应你，是我不能答应你，你还太小，很多事情都不懂，等长大了就明白了，先不要哭了好不好？”

小芊大哭着摇头，甩开了老张安抚她的手，转身朝楼道里跑去。老张怕她乱跑，急忙追了出去，然而刚到楼梯边，就一脚踩空，坠了下去。

下一秒，床上的老张猛然惊醒，耳边的哭声还在萦绕，但当他凝神听去，却发现是一旁桌子上的手机正连振带响地闹个不停。

原来是梦。

老张揉了揉眼睛，拿起电话来一看，来电号码是殡仪馆的办公室。

接尸的工作就这点最不好，经常会有半夜的急活，无论几点都得赶过去。

“喂，老张，有个急活，就在你们公寓，你不用来馆里取车了，我已经让值班的大壮开车过去了，你在家等着就行，地址是 702。”

老张心跳慢了一拍。

“702？”

“对，死者是女性，说是夜里心脏病发作走的。”

“好，知道了。”

老张挂断电话，一颗心沉沉地往下落。702 是王保安他们家，死的八成是小芊的妈妈。

一时间，老张开始在脑子里努力地回忆各种安慰人的话。可是对于一个父母双亡、只剩下后爸的孤儿，什么安慰都显得十分苍白。

直到大壮赶到，老张也没想好该说些什么。

等两人去了 702，老张就发现他什么都不用说了。

迎接他的，是一具少女的尸体。

小芊穿着皱巴巴的睡衣，脸色青紫，四肢僵硬地躺在地上，头发凌乱得不成样子。

小芊的母亲跪在她身边不停地哭泣着，王保安坐在桌子旁耷拉着眉眼抽着烟。

眼前的一切让老张太过震惊，以至于差点儿忘掉了自己的工作，他恍神了好一会儿，才走到小芊母亲跟前。他仔细地观察了一下小芊的死状，刚刚一片空白的大脑冒出了一个又一个疑问。

本着职业素养，老张先对哭泣的女人道了声“节哀”，然后又假装不经意地问了句：“这孩子，小小年纪，是怎么没的？”

不等女人回答，王保安便粗声粗气地抢着道：“心脏病，今天晚上突然发作的，120 赶过来的时候说人已经不行了。”

他说完，女人哭得更厉害了。老张只得又安慰了两句，起身去准备尸袋。

一旁的大壮掏出服务单递给王保安。

“咱们给孩子选个丧葬服务吧。这个距离，遗体接运是 200 块，火化等相关费用大概是 500 块，如果需要停尸，价格是 50 块一天，葬礼有大中小厅，骨灰盒也有三种，单子上边都有价位，您可以任选。如果需要骨灰寄存的话是 200 块钱一年。咱们先定一下停尸的时间，我们回去好安排停尸房，其他的可以慢慢沟通。”

王保安拿过单子看了看，眉头皱得死紧，不停地吸着嘴里只剩半截的烟，白色的烟雾从他的鼻孔中喷了出来。他抬头看了大壮一眼，问：“能今天就烧了吗？”

今天就烧？这么着急？老张狐疑地看向王保安。

“啊？呃……也可以。”大壮显然也有些意外，但没有多问什么，“那就先选一个骨灰盒吧。”

王保安挠着毛发稀疏的头顶想了两秒，突然靠近大壮，压低声音问：“那个……你们能帮忙处理骨灰吗？”

大壮没能理解他的意思：“您是想怎么处理？”

“就……找个地儿……扔了。”

“啊？”大壮吃了一惊，连忙摇头，“这……扔还是得您自己扔，我们不负责这些的。”

老张搬尸体的手一顿，心头涌上一股怒意。他想过王保安对小芊不好，但没想过竟然如此过分。

一旁委顿在地的小芊母亲也气得骂了起来：“王有全！你个杀千刀的！你是要一点念想也不留给我吗！”

“难不成你还想把她的骨灰摆在我家里吗？”王保安一脸嫌弃地回呛，“她又不是我闺女，我给她出钱火化已经不错了！”

然而女人完全不听他的，一直在边哭号边骂，嘴里除了“杀千刀的”，就是“下三滥的”，骂着骂着忽然蹦出来一句：“我闺女都是你害死的！”

这句话让本来一脸不耐烦的王保安瞬间变了脸色，他把烟头一扔，恶狠狠地指着女人：“我警告你，你别瞎说！你要是敢胡说八道，我灭了你！”

接着他又把手里的服务单砸向女人：“再瞎叨叨一句，这钱你就自个儿掏！想留多久留多久！”

女人一听到要掏钱，气势瞬间就弱了下去，除了哭再没了别的反应。

王保安急赤白脸的样子让老张更加觉得蹊跷，但目前气氛紧张，他只得先转移话题：“待会儿上车，你们家属谁跟着去？”

王保安正在气头上，想都不想地斥责道：“你们运死人还用人跟着？钱都白收的吗？”

“不是不是，”大壮好声好气地解释，“不是一定要人跟着，主要是大部分家属都会送上这一程。”

王保安这才后知后觉地明白过来，神色颇为不自然，蛮横地挥了挥手：“那什么……你们就先运过去吧，我们……等天亮了收拾收拾再去。”

老张和大壮抬着尸体下楼，到了地下停车场，把尸袋放进后车厢中的一次性棺椁里，封盖之前，老张拦住了大壮。

“大壮，这孩子我认识，平时总跟我一块儿喂猫，我实在是有点难受，想最后单独跟她待会儿。”

大壮理解地点点头：“那我先去前边等着，你完事儿再叫我就行。”

大壮离开之后，老张深吸了一口气，打开了尸袋。

3.

楼上，702。

“死女人你疯了是不是？你想害死我？”王保安一边咒骂着，一边来回踱步，“你这段时间老老实实在家待着，明天我去领骨灰，你要是实在想留就自己找个花坛子埋了，反正不能放家里。”

女人两眼无神，呆呆地坐在地上，像是认命了一般，只是眼泪依然像断线的珠子一样落下来，嘴里反复念叨着：“小芊，是妈对不起你，是妈不好，是妈不好……”

王保安嘴角有些心虚地瘪了瘪，把女人从地上扶到床上，哄道：“别哭啦，先睡吧，睡一觉就什么都好了。”

给女人关上灯，王保安独自走到客厅里，又点燃了一支烟，他一支接一支地抽着，渐渐地，烟灰缸都满了。

就在他打算在沙发上眯一会儿的时候，一阵急促的敲门声响了起来。

王保安打开门，门外竟然是去而复返的老张，带着一脸慌张的神色，这让王保安心里有种不好的预感。

“小芊的尸体不见了，”老张说，“装车的时候还好好的，到了馆里就变成空袋子了！”

得知这个消息的王保安，大脑有一瞬间是空白的。

尸体没了？什么情况？

王保安：“这事……呃……这事你们殡仪馆得负责吧？”

老张露出为难的表情：“我还没上报。因为上报的话，馆里肯定会报警处理，我的饭碗可能就保不住了……而且，我在尸袋里头发现了这个。”

他边说边从兜里掏出了一张纸条，展开来给王保安看。

王保安嫌弃是裹尸袋里的东西没有用手去接，只是伸着脖子凑上前去看。

纸条上有一行稚嫩的笔迹——我会回来找你的。

一阵冷意蹿上王保安的脊背，脑子里不知浮现了什么，他的脸色越发难看起来。

“小芊……”一个颤抖的女声从他背后响了起来，“是小芊……”

王保安大惊失色，整个人像触电一样跳开，才发现是小芊的母亲不知何时站在了他的身后。

女人捧起纸条仔细地看着，而后神经质地大叫道：“这是小芊的笔迹！是她！她变成厉鬼要来找我们报仇了！”

“你胡说什么！”王保安紧张地看了一眼老张，捂住女人的嘴，将她推回了卧室，把门关上，又回到门口招呼道，“老张你先进来，把门带上。”

老张顺从地跟着进了屋，王保安拉着他坐到沙发上，还给他倒了杯水。

“老张啊，你说你这么大岁数了找份工作也不容易，也不能因为我们家这点破事让你丢了饭碗。”王保安一副善解人意的样子，“这事儿啊，咱们就先不用上报了，私下解决吧。”

老张如释重负地点点头：“王亭长爽快！”

王保安被这一声王亭长叫得颇为舒服，咂巴着嘴想了想：“这样，你赔我 1 万块，这事儿我就不计较了。”

见对方愣了一下，他又加了句：“我可没多要啊，这小丫头我卖都能卖 2 万呢！”

老张却被气笑了：“王亭长，你误会了，我想的私下解决是我私下里帮你找一找，你要是这样那就还是报警吧。”

见老张作势要走，王保安赶紧把人拦下。

“哎呀老哥，报什么警！误会！都是误会！你说咋办就咋办！”

老张的神色这才缓和下来，继续说道：“我们老家有个神婆，能招魂，我让她帮忙招一招，不过……”

他面露一丝迟疑，停住了话头。

“不过什么？”王保安追问。

“这种横死的小姑娘，魂凶得很啊！好在王亭长你阳气重，不怕。”

老张看王保安的脸色越发泛青，便没再多说什么，告辞离开了。

4.

接下来的三天，702 一直传出唱经的声音，门上还贴了几道黄符。老张下班回家经过门卫岗亭，都看见亭子周围撒了一圈红豆。

这天晚上，老张照例到公寓楼下喂猫，他平时喂猫用的都是些比较便宜的救助粮，营养全面但适口性一般。以前小芊总是会带几根火腿肠过来，有几只猫便扔下猫粮乐颠颠地去啃她手里的火腿肠。

小芊："原来猫也和我一样，喜欢吃零食。"

当时老张就觉得，小芊和流浪猫很像，没人管没人顾，只能拼命地从糟糕的命运里汲取一点有限的善意，遇到一两个像他一样有点爱心但不多的人。

回忆着小姑娘短暂的生命，老张在原地坐了很久。快 11 点的时候，老张才从楼下的花坛边站起身，朝门口岗亭走过去。

11 点是保安下班的时间，王保安平时都是这个点从岗亭里出来。

果然，老张在离岗亭不远处遇见了他。

"王亭长！"

王保安听到有人招呼自己，往花坛处看去，就见老张一脸紧张地走了过来，用力地揽住他的肩，带他往绿化带的方向走，一边走还一边对他说："快跟我走，别回头看！"

王保安被他这阵仗吓到了，像个被挟持的人质一样僵硬地被他带到了一棵桃树下。

"快抱树！"老张催促道。

“干啥？咋了？”王保安茫然地问。

“有个白影跟着你！”老张的声音里透着恐惧，“我老远就看见了！阿婆说小姑娘就在你家附近转悠，这桃树能辟邪，你身上沾了它的气，鬼就近不了你的身。”

王保安将信将疑地抱了抱这棵看起来很普通的桃树。

“这样行了吗？”

老张从地上捡了一截断掉的树枝递给王保安：“拿着这个，保险点。这段时间你被不干净的脏东西缠上，肯定比平时倒霉，以后出门你都注意着点吧，尤其过马路，当心被车碰着什么的。”

他拍了拍王保安的后背，把他往公寓送了几步。

“我今天只能帮你到这儿了，今儿是我儿子的忌日，我儿子也是横死的，怨气大，我每年都得去给他送送魂，免得他老跟着我。”老张把拎着的黑袋子打开给王保安看，“你瞧，东西我都准备好了。”

袋子里是一些蜡烛和一张黄纸，纸上密密麻麻写了许多字。

“这管用吗？”王保安问。

“当然！”老张一脸肯定，“这么多年了都没找过我。”

王保安听了，若有所思地告别了老张，一路小跑着回了家。

到家之后，王保安先是看了眼卧室里的女人，确定她没乱跑之后，便打开了高僧唱经的录音，开始琢磨今天晚上的事。他思来想去很久，从小芊死到弄丢尸体再到有鬼影跟着自己，怎么看怎么像是一个局，想要把自己套进去，再想到老张反复提起的神婆……王保安一拍大腿——这是要骗自己的钱啊！

只要自己去找他们搞那个什么送魂，他们估计就会收一大笔送魂费，然后让神婆带着一些乱七八糟的纸人纸马之类的东西来他家跳个大神，再告诉他冤魂已经送走了，就能美美赚上一笔！

什么白色鬼影，最大的鬼就是这个老张，简直比自己还贪！

想通了这一层的王保安觉得自己聪明极了，要是换个傻点的，说不定就上当了。

他开心地关掉了高僧唱经的录音，撕掉了门外的符纸，一夜好眠到天亮。

第二天一睁眼，王保安就看见自己的老婆坐在床边，低头看着手里的什么东西。他坐起来瞥了一眼，发现她手里拿的是老张带来的那张纸条。

她怎么会有带小芊笔迹的字条的?

整个早上，这个疑问都在王保安的心里挥之不去，他万般不愿意再相信那些神神鬼鬼的说法，但又找不到合理的解释。

心不在焉的他泡茶水的时候不小心烫到了自己，手一抖，杯子掉在地上，茶叶撒了一地，呈现出的图案像是一张狰狞的笑脸。

王保安吓了一跳，只得小声念叨着安慰自己："没事没事，不就是撒个茶叶嘛，都不是事儿！"

等他把地面收拾干净重新泡好茶水的时候，时间已经有些晚了，王保安匆匆穿好衣服，快步冲出家门，没想到在出单元门下台阶的时候，脚底绊了一下，差点崴脚了。

"没事没事，就是走得太快了，没事没事……"

王保安稳了稳心神，放慢脚步，一边深呼吸一边继续往前走。也许是太过紧张了，他自己都没注意到自己越走越快，在拐弯的时候跟一辆送外卖的电动车迎面撞上，摔了个人仰马翻。

“您有订单即将超时。”

一句提示音从外卖小哥的手机里响起，小哥也顾不上查看王保安了，骑着电动车一溜烟儿就消失在楼宇间。

“你个不长眼的缺德玩意儿！”王保安挣扎着从地上爬起来，疼得破口大骂。

这时一阵冷风飕飕刮过，气头上的王保安被风一吹，不自觉打了个冷战，气也消了大半。

他拍拍身上的土，有些颓丧地继续往岗亭走。

然而让他没想到的是，这只是他糟糕的一天的开始。

之后他又陆续经历了抬杆故障、外卖没点主食、手机莫名下载软件导致死机、被喝醉的业主找茬还差点打起来等诸多麻烦事，最后这个被折腾得汗流浃背的倒霉蛋，在下班第一时间就跑到了老张家门口敲门。

“哎，老哥，是我，不好意思这么晚打扰你啊，我就是想问问，那个送魂怎么送啊？要花多少钱？”

老张客气地把他迎进来，告诉他送魂并不需要花多少钱，自己买几样简单的东西送就行。

听着老张仔细跟他讲了送魂的方法，王保安想起自己之前对老张的揣度，不禁有些惭愧，临走前承诺事成一定请老张喝顿小酒。

老张一脸憨厚地笑了笑，送他出了门。

门关上那一刻，老张的笑容便消失了。

5.

小芊头七那天晚上，城郊小河边，出现了两个鬼鬼祟祟的人影。

王保安左手拎着一个黑袋子，右手举着桃树枝，身边跟着小芊母亲，做贼一样地往河边走。

到了河边，他拉着女人一起跪下，从黑袋子中掏出蜡烛点燃，摆了一个五行阵，口中念叨道："龙王爷，通鬼事，送冤魂，保平安，小人继女吴芊芊有愁怨在身，不肯离去，请龙王爷送她归西，早登极乐。"

老张之前叮嘱他，这口诀要念七遍，念完看水面起了波纹没有，如果起了就是龙王来了，把黑袋子里的东西烧给他就行，如果没起就再念几遍。

王保安念完口诀，眼巴巴地看向水面，然而黑灯瞎火的，他什么也看不清，只能跪在岸边伸着脑袋仔细看。

水面上平静无波，他的耳边却传来女人的尖叫声——"你们干什么？！"

王保安只觉一阵风从脑后袭来，接着他就被揪着后领子拎了起来，几个彪形大汉架着他往大道上走，那里停着一辆警车。

"你们凭什么抓我？"王保安奋力扭动着身体，然而根本没用，等到了警车跟前，他看见上边下来一个人。

正是老张。

王保安吃惊地看着他。

"你说的是这个人吗？"警察指着王保安，询问老张。

“是他。”老张点点头，“你们要的证据都在那个黑袋子里。”

王保安瞬间明白了什么，面如土色，手里的黑袋子啪嗒一下掉到了地上。

警察捡起黑袋子，从里面掏出了几根蜡烛和一张黄纸，只见上面写着——

吴芊芊，女，12 岁。死亡时间 202X 年 9 月 20 日，死前经历如下，那天晚上她的继父王有全，也就是我，喝多了酒，她打翻了我的酒杯，我一时间暴怒，打了她两巴掌，掐住了她的脖子。其间她十分反常，不像以往那样逆来顺受，而是不停反抗。我好像听到她的心跳声越来越大、越跳越快，最后她心脏病发作，死了。

警察挥了挥手：“带走！”

“等一下！等一下！”王有全开始做最后的挣扎，“警察同志！这个人他把我闺女的尸体弄丢了！他这是为了掩盖自己的罪行诬陷我！纸上的东西都是他让我写的！”

然而那一瞬间，他看到老张的嘴角露出了一丝轻蔑的笑。

“谁说我弄丢了？小芊的尸体现在就在殡仪馆里啊，这么重要的证据，我当然得好好留着给法医。”

王有全双眼充血，死死地盯着老张，随后被警察押进了车里。

6.

做笔录的时候，警察询问老张：“你是怎么让王有全老老实实地把犯案经过写在纸上的？”

老张有些不好意思："我就跟他说，这世界这么多人，总有些重名重姓死法也差不多的，你得把小芊死前的经历写得详细点，龙王才能找准她的魂儿。"

"那这张字条又是哪儿来的？"

"小芊经常来我家写作业，我家里有不少她用过的草稿纸，纸上的字是我从她的作文草稿里逐个拓下来的。"

警察听完直摇头："真有你的，看不出来你这么能搞事情。"

"让您见笑了。"老张惭愧又无奈地赔了个笑脸，"我这也是没办法的办法。"

警察看着他老实巴交的样子，忍不住有些好奇地问："你为什么要为了一个关系不深的孩子这么大费周章呢？"

老张脸上的笑意消失了，他深深地叹了口气。

"因为我很后悔。"

就在小芊死的前一天，她对老张提出过一个要求——

"老张，我能在你家住两天吗？"

但当时老张想也不想就拒绝了，满脑子想的都是小芊不应该提出这种要求。

"现在想想，如果当时我能多问几句，发现她后爸不对劲，及时保护好她，帮她报警，事情可能就不会这么发展了。

"所以我必须做点什么，才能让我心里不那么难受。"

二十多年前刺瞎霸凌者也好，二十年后设计让王有全落网也罢，都只不过是让自己心里能好受点，仅此而已。

警察对老张在案件过程中的不当行为进行了批评教育，并罚他写了 3000 字的检讨。

王有全因家暴幼女且情节严重而获罪，被执行死刑。

老张回到公寓，继续开他的灵车，喂他的猫，他用自己的存款给小芊买了块墓地，每次去扫墓的时候都会给她放上一根火腿肠和一碗猫粮。

这样就会有流浪猫来陪你吧，他想，愿你来世安宁幸福。

18号公寓住客登记表

房间号：	[redacted]
租客姓名：	刘鹤
性别：	男
年龄：	32
证件号码：	[redacted]
职业：	分手代理人
健康状况：	☑良好　□有慢性疾病（请标注）：
入住房客签字确认：	刘鹤
入住时间：	[redacted]

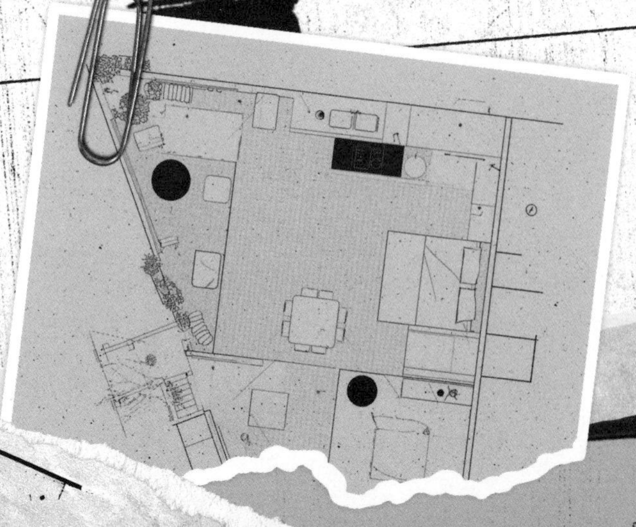

第七章

分手代理人

文／狮心

第七章

分手代理人

1.

日料店，炭烤师傅翻动着烤串，不相识的食客围坐在弧形台面前，包围着他。小店更深处排布着四张桌子，一对年轻男女坐在靠窗的座位上。男人有着好品位的穿搭和算得上俊朗的五官。

坐在他对面的女人年长几岁，低着头，手指有点不安地摆放着。

“电影快开场了，在想什么？”

“没什么。”女人四下张望。

一位店员走到两人面前，不小心把一杯饮料弄洒了。

“不好意思，不好意思。”

女食客突然站起来，男人擦掉她手腕上的水珠：“你的心跳得好快。”

“还好吧，现在几点了？”

“电影还没开场，别急。”

男人握住了女人的手，她想抽离，挣扎几下，也就放弃了。男人拿出手机，想对准两人触碰的手。

“你干吗？”

“我想……”

与此同时，一个西装革履的男人走进店内，直奔这张餐桌。

“郑庞。”女客人浑身一抖。

“舒畅欣，你还真背着我和其他人在一起，你可真行！”

舒畅欣以为对方要揍自己，然而，那一拳却结结实实地落在了男食客脸上。

“我们完了。”

郑庞快步离开了日料店。舒畅欣看了一眼对面倒地的男人，眼眶泛红追了上去：“郑庞！你听我解释！”

男人揉了揉鼻子，呈大字形躺在地上，直到女店员过来踢了踢他的鞋跟。

“你要躺到什么时候？”

“又不是你被打……快，拉我一把。腰直不起来了。”

“那你还是躺着吧，刘鹤。”

“别走啊。”

刘鹤与黄狐都是分手代理人，这家日料店的老板老范是中间人。客户一般是想要分手，但迫于各种理由没能正面提出，于是就找到他们，委托他们帮忙解决问题。

这一灰色职业也分有几派，有的是在同一座城市，阻隔对方再见面，一切代为传话的“分割派”；有的是跟踪对方，拍摄其出轨证据的“狗仔派”；极少数也有以自身为饵，吸引对方上钩，随后让委托人正当提出分手的“鱼饵派”。

那么刘鹤属于哪一派？等你见到他大概就知道了。

此时此刻，刘鹤顶着一个平平无奇的“顺产头”，揉着发肿的脸颊。黄狐嫌弃地拉他起来，这个她曾经叫师父的男人。

“你这发型，难怪委托人要打你。”

“代理人每一单都是私人定制的，舒畅欣喜欢看韩剧嘛。”

……

“其实能理解，客户希望我们来勾引对象，随即完美抽身，但曾经的恋人真的被证明可以出轨，又会很不爽……”

“叮”的一声，刘鹤对着手机笑笑：“钱到账了就行。不过话说你刚才碰洒水杯也太刻意了。”

“你拍照不刻意？”

“我也不想这么刻意，但照片是证据啊！”

就在两人拌嘴时，老范擦着汗，走了过来：“来活了，大客户，指定两周时间。”

刘鹤和黄狐同时打开手机。

黄狐瞪大了眼睛：“谁？那个金井？”

老范做了个数钱的手势：“嗯，那个金井。”

2.

金井如果不算最当红的男明星，也至少能排进前五。

他从一部古偶片出道，把一个得不到女主、宁愿毁灭所有人的反派演绎得淋漓尽致。随后手里资源一步步提升，除了具有辨识度的阴柔脸蛋，碾压同龄人的演技也是金井的招牌。

“也是。”刘鹤点点头。

其实他们大部分的委托来源都是网红名人、公司高层，或者品牌主理人等。这些精英身边从不缺乏异性，当然更爱惜名声这片羽毛。

“又是明星假借谈恋爱为由接近普通人，没新鲜感了又一脚踹掉。能不能有点新意。”

“林文静。”刘鹤轻声念道，“兽医啊。”

刘鹤刚要出门，被黄狐拉住了：“你还流血呢。”

“没事。先去看下被委托的对象。”刘鹤用纸巾抹了抹鼻子，离开了日料店。

“他这么缺钱？”黄狐叹气。

“小黄，你第一天认识刘鹤？他就像石英表一样精密转动，不会休息的，而且，不会有道德困境。”老范点了一根烟，“他就是最好的分手代理人。”

“真的吗？”黄狐把刚才那桌女客人没喝过的饮料一饮而尽，“只知道赚钱不知道花钱的人，不是变态，就是脑子有问题。”

文静萌宠是附近有名的几家宠物医院之一，网上好评如潮。当刘鹤推门进入，见到林文静的一刹那，他给老范打了一个电话：“至少三个月。她不是那种一两周内会移情别恋的人。”

“居然有人会让你三个月才拿下？”

“老范，‘拿下’这个词，物化女性了吧。”

“行行行，你清高。”

电话里，老范的声音充满嘲讽，刘鹤知道自己最没资格这么说，于是说："老板，心安理得做一个虚伪的人，是需要很大的能量的。"

"好，时间方面我去和客户争取。"

挂了电话，黄狐换好了日常服装，引来日料店前台一圈的男食客频频转头。

"老范，你就宠他吧，我上周说要一个月，你给批了吗？"黄狐翻了个白眼。

"那男人需要你用一个月？"

"呵呵。"

"刘鹤眼光向来刁钻，他看人我认。"

某个周末，店里人不多，林文静推了推眼镜，打量这个新招进来的年轻人。他身上有种奇怪的气质，你说他对小狗热情吧，眼里却总是一副无所谓的态度，但他手上的动作没断过，即便其他店员一直把工作推给他，他也情绪稳定。

一周前，他说自己在成人学校学习兽医学，希望能来实习。林文静直白地说可能学不到东西，他也认可。关于薪资，林文静顺口提了一个低价，他也接受。不过这一周，店内的女顾客确实是多了一些。

刚想到这里，店门突然被打开，一个女孩抱着一只狗闯了进来。

"救救它！"

林文静刚想上前，年轻人却先她一步，接过女孩的狗，侧放在听诊室的白色长桌上。

这是一只中等体型的犬，胸口有些微的起伏，双目闭着。

他双手按压在狗狗的胸口，随后弯腰，嘴对嘴输氧。

店内的员工和一些顾客都停了手上的动作，看着这一幕。

这个办法是黄狐提出来的。按照刘鹤的观察，林文静曾经批评大头的急救手法并不到位，并且让他不要完全依赖药物和器械，必要时需要嘴对嘴地救助。

“行行行，前辈。你觉得林文静会吃你这套是吧。”

“至少她会觉得我是一个认真学习的人吧。”

刘鹤嘴对嘴给狗狗的肺里输送氧气，他能感受到周围人灼灼的目光，但他只想讨好那一个。就在他起身，深吸了口气并再次俯身时，却被林文静一把拉开。

“走走走，尽捣乱。”林文静对着一头黄发的女孩甜甜微笑，“不好意思啊美女，我这个店员新来的。”

“哦……”黄狐看了眼一脸窘迫的刘鹤，想笑，却赶紧收起笑容。

她拿出手机，敲打文字：对方没被感动，只觉得你是外行。鹤师父。

林文静翻看了小狗的舌头，俯下身子听了会儿心跳。她说看样子没什么大事，可能误食了安眠药，随后她抽了一管子血，做了全面的检查，确认了这个结论。

“下次小心一点，就怕吃了有毒物质。”

黄狐刚走，林文静冷冷地把刘鹤拽到一边：“你给我过来。我不晓得你是抱着什么目的来我这儿的，来玩儿也好，惺惺作态也好，既然来了，就认真做，毛孩子的命也是命。”

刘鹤连忙点头，心虚不已。他有预感，自己的小伎俩这次要玩砸了，对这个女人没用。他灰溜溜地离开。

“回来。”

“怎么了店长？”

“你真不是其他宠物医院来的间谍？认真说，我给你开两倍工资。”林文静眯着眼。

刘鹤摇着头，小跑开了。

之后一个月，刘鹤认真学习宠物治疗的基础理论，上午，他在成人培训学校，中午和晚上又在宠物店内打工，但凡有问题去询问林文静，她都会认认真真地回答。

“很多人觉得兽医并不是医生，你记住，我们就是医生。在关键时刻，我们就是在救治生命。人本身也是动物。”

直到某天，当老范询问起进度时，刘鹤才从这种生活里抽身出来。

一种巨大的恍惚感包裹着他，他望向玻璃窗内正在做手术的林文静默念道，自己不是真的来学做兽医的。

一直等到其他员工回去，刘鹤还在拖地。店里此时只有他和林文静两人。林文静从隔壁的装修公司回到店里，脸上带着怒气。

“老板，隔壁怎么说？”

“有人租了。”

最近，林文静打算把隔壁空置的装修公司租下来，进行扩店，可惜不太顺利。刘鹤打开大堂的电视，打算缓解尴尬，里面刚好播放着金井的仙侠剧，林文静头都不抬一下。

“好帅啊。”他要试探一下。

“嗯。”

“老板，你有男朋友了吗？”

“嗯。”

“那他怎么从来不来店里接你。”

林文静冷冷地注视着刘鹤，刘鹤努力不让自己移开目光。好像在进行一场视线的角力。几秒后，林文静叹了口气。

“男朋友就需要每天见面，每天腻歪在一起吗？”林文静突然想到了什么，上下打量刘鹤。

“怎……怎么了，老板，我不八卦了，你看得我心里有点发毛。”

“可以。”

“有啥事你直接说，老板。”

“前几天闲聊，大头问我招你进来是不是看你长得好看，他挺不喜欢你。萧萧倒是对你挺有好感的，你自己知道的吧。”

刘鹤点头。

“你猜我怎么回复她的？”

“当然是因为老板你人好外加……我勤奋努力啊。”

“就是因为你好看啊。”

“啊？”刘鹤下意识抓了抓后脑，他猜不透这个女的要说什么了。

“我也觉得时机合适了。”

“就问了一句男朋友的事，你要让我走？”

“我下半年如果能把旁边那家装修公司盘下来，”林文静靠近刘鹤，她的发丝在耳垂飘忽着，“就需要做一个自媒体账号引流，你来负责。”

一周后，刘鹤增加了诱捕、救助和教育流浪猫狗，以及剪辑视频、组织线下活动和联系领养人群等工作。刘鹤与林文静一同策划的“绑架猫猫狗狗”系列，每一期视频都能维持十几万的有效播放量。

有时候是高空救助猫咪，有时候是钓起坠入下水道的小狗。在一次与打狗队的纠缠中，林文静还展现出了撒泼打滚的一面。

“怎么不行呢，你们抓了去还不是无害化，我们帮你们把狗带回去，后期也会安排人领养。不是让你们轻松一些吗？”

“你别扯这些有的没的，我不听，让开。”

“大哥，你看啊……”

刘鹤还没说完，林文静就跑上车，把笼子里的狗给抱了出来，撒腿就跑。

“跑啊，刘鹤！”

刘鹤和对面捕狗队的大哥对视一眼，他也撒腿就跑。他不明白为什么林文静抱着一条狗都能跑那么快。他一直在回头，还好没有追上来的车。

这一期视频短暂地吸引了很多粉丝，比起日常救助，大家似乎都喜欢看他们与人斗智斗勇。

连刘鹤自己都吃惊，自从他来了之后，店里生意好了很多。他时不时会恍惚，忘记自己是来“勾引”她的，可越是接近她，寻常的手段都让他显得油腻、做作。他在内心中告诉自己，如果真的能在她的店里一直干下去，好像也不错。

3.

这天，林文静突然问刘鹤：“你以前是做什么的？”

“怎么突然这么问我，店长？”刘鹤放下了伊莎贝拉圈，那是绝育时用到的。

林文静抬了抬下巴：“你的鞋子一双就要两千，你是富二代体验生活来了？”

“我以前的工作，没有什么意义。这里反倒很开心。”

林文静笑着说：“我看得出来你是说真心话还是假话。”

“和你……你们在一起的每一天，我都很开心。”

林文静愣了下，随后别过脸去。

刘鹤帮她把手术衣穿上，他能感受到林文静的心跳声，他更吃惊自己竟然能够毫不避讳地说出内心的话。之前不知有过多少次，说着违心的话，说着喜欢他人的话，等到谎言拆穿后，对方又哭着质问他。

脑海中，许多打过自己巴掌、拿水灌在自己头顶的女生的脸闪过。

“认真一点。”林文静推了推他。刘鹤回过神来，冷汗直流。

晚上，员工萧萧又提起了林文静男友的话题。

“下周三周年店庆，林姐，你可以邀请他一起来店里玩啊。”

“下周他不在江津，在外地拍戏。”

“拍戏？姐，你的男朋友是演员啊？”大头好奇道。

“我男朋友是金井。”

大头和萧萧对望一眼，整个店内除了狗子的吠叫，只剩下肃穆。大头憋着笑去了厕所，萧萧点头调起了电视节目。

“你也不信？”林文静问刘鹤。

“我信。”

“你信？”林文静反倒发脾气，逼近了刘鹤，“你信什么你就信了！”

“你可以现在打他电话，拍戏很重要，三周年店庆也很重要啊。”刘鹤认真道，“我知道你在想什么，他不需要公开，就算被媒体拍到，就是私下参加朋友一个聚会咯。”

“我不是担心这个。”

林文静皱着眉头，她深吸一口气，拨通了电话，电话很快接通了，那边没有“喂”的声响，只有四周嘈杂的人声，有助理导演似乎在讲拍摄的走位等。

“我还想着最近和你回个电话呢。文静，你都不接。”

手机里的声音温润又有一丝清冷和疲惫，刘鹤感觉自己比林文静还紧张。

“下周五，我们店三周年店庆，你要不要来？”

电话那头不知道说了什么，林文静沉默了一会儿才接着说道：“好，我知道了。对了，我想和你说的……”

林文静挂了手机，放回口袋，继续做事。这与刘鹤预想的不太一样。

“看什么，工作了。去给 B12 单间的小狗洗澡。”

房间内，两只小狗同时开始甩毛，即便穿了特殊服装，刘鹤脸上还是被毛和水珠覆盖了一层。林文静笑了出来，他也跟着笑了出来。

店庆那天来了很多狗狗和很多粉丝，大家都很快乐，但是金井没有出现。

即便如此，刘鹤有一种被人注视的感觉，他把这种感觉告诉林文静，她说可能是你的小粉丝来了。聚餐结束，其他人都提早回去了，只有刘鹤与林文静回到宠物店，收拾一地的彩带碎片。

“说，到底是有什么企图？”林文静突然靠近，盯着刘鹤，她的脸在灯光下勾勒出出众的五官来。酒味从她的身上散发出来，刘鹤回想起来，她刚才在居酒屋确实喝了不少酒。

“你先回去吧老板，我把店收拾好就走。”

“刘鹤你就没有私人时间？整天待在我这里干吗？”

“我说过，我很喜欢这里。”

有一个瞬间，刘鹤是真想把自己是分手代理人的身份说出来，但话到嘴边又吞回去了。说出来的话，现在的生活或许就没有了。

“你就没有什么自己想做的事？你天上掉下来的啊？”她表情夸张，摊开双手。

“老板，你喝糊涂了。我帮你叫辆车吧，你家地址是？”

“怎么，你想跟我回家？”

林文静对着刘鹤吐气，摆出一个造作的 S 形造型。刘鹤叹了口气，冲泡了一杯绿茶端给她。外面很快出现了下暴雨的声音，随后雨越下越大。即便关上玻璃门，一些水珠也弹到了店内。

“怎么还在排队中？”叫不到车，这种情况是头一次，屏幕上一直在转圈，显示前方等待的人超过 99 个。

“附近有演唱会……”林文静叹了一口气，把大门开了一条缝。门外的流行歌曲声透过雨幕悠悠传进来。她说这里是市中心，每年的跨年夜和巨星来开演唱会时，打车都难。

“我找找雨衣，自己骑小电驴回去。”

林文静刚起来，店门口冲进来一个男人，流着眼泪抱着一只小猫进来。

“求求你们，救救小酒。”

那是一只奶牛猫，全程安静地盯着两人，刘鹤才发现它的大腿连着肚子处，有一道大口子正在流血。男人说猫咪是从高楼跳下来，并且被防盗杆扎到了。

“血常规，凝血，生化。”

“马上！”

刘鹤帮小猫抽血，结果显示部分数值偏高，情况不是很好。

“马上动手术。”

“知道。”

“你来做。”

“啊？”

林文静伸出手，她的两根手指肿得跟萝卜似的，上面涂了药膏，是被烫伤的。而刘鹤才想起刚才吃饭她去倒水时，被自助净水器中的热水烫伤了。

“没事的，你学过的，而且我在你身边。”

“我还没做过手术。”

“凡事都有第一次。你现在不救，这只猫就死了！”

林文静双手扶着刘鹤的脸，他能感受到她的手指微微颤抖。

“你不行也要行。这个时间点其他店都关门了。”

“可是……我才来了三个月……”

“我也是三个月就动手了，我在你身边，我说你做……”

猫咪一直在挣扎，刘鹤的汗水沿着后脖子流淌下来，他的手在颤抖，但他告诉自己，这些都是他学过的。他说了很久的谎话，一直说到自己都信了，但现在谎言与诱人的言语都不管用了，有用的只有自己的手和此刻稳住的心神。

他剃掉了小猫下半身的毛，用剪刀夹起一块蘸上碘酒的棉布，将碘酒涂满皮肤，随后铺上了创巾。现在，整个手术台上是一块巨大的绿色的布，灯光聚拢的地方是一个镂空的正方形，里面展示着伤口。

刘鹤深呼吸，他的手不抖了，一只手安抚性地覆在他的手上，他感受到了少有的平静。

手术终于做完，已经凌晨两点多了。刘鹤放松下来，疲惫排山倒海一样袭来。雨似乎小了不少，他收完钱，看着主人离开，想让林文静夸自己几句，却发现她已经睡着了。

林文静躺在沙发上，呼吸平稳，刘鹤轻轻推了推她："老板，回去吧。"

"没事，我就睡在这里吧。"

"他不会来了。"

林文静翻了个身，不回话。

"你的手，涂一点牙膏会好一点。"

"我说了你不用管我！"林文静起身瞪着他，"你以为你是谁？来这里几个月就管东管西，你了解他？你以为你是谁！"

"我是金井的分手代理人。"

整个空间内回荡着刘鹤清冷的声音，林文静想笑，但只是抽动了下嘴角。

"你不觉得很奇怪吗？我突然来到你身边，说着要帮忙，一直在你身边围着你转。"刘鹤挺直了腰板，"因为我受到委托，让你爱上我，然后他就可以成功抽身。"

“对不起，我没能做到他的要求。”刘鹤一边说着，一边把印着文静萌宠 logo 的手术服脱下来，递给林文静，“你可以自己骗自己，也可以继续等着他，你自己选择。”

刘鹤推门要走时，林文静拉住了他。

“你要去哪里？”

“回到我原来应该待的地方，这段时间谢谢你了。”

“你不是还没完成任务吗？”

刘鹤转身，他看到林文静又喝酒了，她不知从哪里拿出的藏酒。借着酒劲，他感觉她的嘴唇在靠近自己。原本这些都是他最擅长的东西，轻车熟路，但是面对这个女人，好像都变得生疏了。

林文静后退几步，结果一个没站稳，往后摔去，刘鹤想去拉，也被一起拖到地上。两人躺在颇有些脏的沾满了狗毛的地毯上，都大笑起来。

“你很像一个人。”

他以为自己忘记很久了，那是带自己进入这个领域的领路人。

刘鹤向林文静形容那个女人的长相、说话的语气、喜欢吃的食物，以及她带着自己去进行第一次任务的情形。

林文静侧过身来看着刘鹤，她的眉眼和她很像。

刘鹤想起那人曾对自己说过的话——小刘，人与人之间的情感是不可控的，而我们自以为可以操控它们，也只是消耗自身。你看似是一个冷漠的人，这或许是你的优势，但未来，总有一天你会遇到一个让你厌烦当下、想要跳脱出来的人。那个时候，那就会是你最后一次成为分手代理人。

那也是她最后一次给自己发消息，说完那段话，她清除了所有的联系方式，彻底消失在了刘鹤的生命中。

四年前，他曾试探性询问老范，他表示对方已经“退休”了。

“她一定很美吧，能让你那么念念不忘。”

“她的眉眼和你很像。”

林文静脸红了一下，随后扯开话题：“天快亮了。”

“嗯。”

“明天我会找他说清楚的。谢谢你给我的勇气，你的任务完成了，刘鹤同学。”

4.

第二天，林文静死在了宠物医院，刘鹤并不知道她有没有看到最后的烟花落幕。他觉得那几簇烟花映在她的眼球中，一定格外漂亮。

女警把他从发呆中叫了回来，对他表示，从现场的痕迹看，自杀的可能性很大。

“就算是被明星抛弃了，她也不会自杀。我三点半离开，之后一定有人来过，你可以去调查一下金井的行程和动向。”

“他不在本市。”

“她不是自杀的。”

女警盯着刘鹤上下打量，评估着他：“明白了，你先回去吧，我会再调查的。”

刘鹤刚走，又折返回去：“我不知道这算不算证据，这张照片放在她的私人储物柜里，应该是很重要。”

照片上是一间高档的房间，里面有一些人影，但因为拍摄得太糊而分辨不清。

女警点点头："好的。"

这张照片刘鹤最后还是给了警察，但他复印了底本。

从警察局出来后，刘鹤就看到黄狐站在门口靠着墙抽烟。

他走出门后，黄狐自然而然地跟在他身后，像一条长出来的尾巴。

"怎么说？"

"林文静给自己静脉注射了药物。"

"宠物安乐死那个药物？"

"对，他们认为是自杀，而且我离开的时间和她死亡之间还隔了几个小时，并没有作案时间。"

"你觉得林文静不是自杀？"

"按照我对她的了解，百分之百不是。"

"那就难办了。"黄狐挠了挠下巴，好看的侧脸在太阳下闪着光，她把手机递给刘鹤，视频中显示三点四十分时，一个戴着口罩和墨镜的人走进了店里。

"警察没说有人进来啊。"

"第一，你自身的嫌疑还没彻底排除；第二，他们干吗要告诉你真相？"

"你怎么拿到这段视频的？"

黄狐笑笑："邀请保安室的小哥哥们各自喝了一杯奶茶，然后嘛，和他们之间各自谈了十分钟的恋爱，男人的竞争欲被诱发时，自然会有人突破底线。"

刘鹤点点头，黄狐对情感的把控力正处在职业的巅峰期。

"你怀疑金井来过，杀了林文静，并且伪装成自杀现场。"

“我也想知道真相。昨天她对我说，金井一定会来，所以她等着亲自把该说的话说清楚。”

“然后你就走了……很气吧，刘老师，大好的夜晚浪费了。”

刘鹤扫了一眼黄狐：“都懒得吐槽你了。”

“不过目前这个装扮，谁都有可能。”

“嗯。”

“这个单子结了，老范说可以回去吃庆功宴了。”

刘鹤继续往前走时，遇到了十字路口，红灯明晃晃地亮着。

“回去和老范说一下，我不想继续了。我想休息一下。”

绿灯亮了，刘鹤继续往前走，而日料店在往右的方位。黄狐的手却搭在刘鹤的肩膀上。

“刘鹤，你是分手代理人，你应该知道行规的，不可以对我们的目标产生真实的感情。”

“你不用跟来了，替我和老范说一声，这单委托还没结束。”

市中心一间颇为潦草的出租屋里，客厅正中心放置了一张床，地上有很多矿泉水。小崔面色焦黄，带一些结巴，他说自己仅仅是说了金井一句不好的话，女友就在火锅店把自己骂得一文不值。

“我也是男人，我也要脸。”

刘鹤心想，那可能不是金井的问题，而是对方可能早就想和你分手了。

从那以后，小崔成为金井的头号黑粉，收集一切其出行的日程，在机场拍照，将路演第一排座位等卖给粉丝。他也专注于收集金井的传言和谣言，试图证其真伪。

“从他身上吸一点血怎么了？和对我的伤害相比，这些九牛一毛！我一定要把他这副面具撕下来，你找上我是明智的。”

“嗯。”

“不过我还是想不通，为什么他会选择杀掉前女友？玩玩而已，用得着冒这么大风险？”

“我也想知道。”

刘鹤从小崔口中得知，网上流传过一个帖子，金井在自己的粉丝群中围猎年轻貌美的女性，邀请她们参加新剧的试映会，然后参加私人派对。

他想，也许林文静知晓这些事。

5.

“恭喜你入职。”

因某位成员“因病休养”，刘鹤“应聘”上了金井团队的生活助理一岗，全程负责某个奢侈品牌包包的线下发布会活动。刘鹤站在人群中，金井基本看不到他。

拥挤的人群开始流动，随后，金井跟着生活助理一起往前走，身边交杂着各种香味和汗味。

“让一下，让一下。”

这座商场的底楼就像是一座孤岛，刘鹤知道金井就在自己身边，靠得那么近。直到走到中央搭建好的舞台，保安首先出现，随后金井被一群人围着，小步走上台。

某个瞬间，刘鹤明白对大多数人来说，钱是补品，但对某些人来说，他人的情感才是他们甘之如饴的东西。

他微笑着招手，当主持人宣布他成为该品牌大中华区的代言人时，尖叫声几乎要刺穿刘鹤的耳膜。

金井讲述着使用新品后的感受，嘴角始终带着得体的微笑。他的每个咬字和发音，都让人觉得他说的话是真的。他的皮肤很好，目光时不时地扫过台下的粉丝。

真的是一个漂亮的男人。

刘鹤提醒自己，他是与林文静相恋九年的男人，也可能是杀死她的人。

在身边，比自己高一个头的男人就是金井的经纪人张通，他五官普通，却拥有一双鹰目，宽大的下巴上点缀着胡茬，脸上布满了憔悴与不耐烦。看他这副样子，好像随时要把靠近金井身边的人都铐走一样。

有一位粉丝想冲上舞台，却被一个保安拦下，他刚想拖拽着这位粉丝下去，却被金井拦住了。

“你小心一点。”他走上前，请开了保安，鞠躬并和那位女孩握手，随后在她耳边低语几句。女孩点着头，在刘鹤的眼中，她的脸突然变红了。

“给她让个路，谢谢。”

刘鹤的肩膀被张通推了一下，他瞬间明白，迅速上前扶着女孩走到下面，整个过程中，女孩的手一直在激动地颤抖着。

活动结束，休息室中，刘鹤听到了张通的吼叫声：“你们在想什么？让她上来，如果她拿着什么奇怪的东西扎金井一下呢？姜旭的事忘了？你们找的什么保安团队？脑子是怎么用的，没点眼力见啊！”

经纪人张通骂着团队的人，刘鹤在门口守着，全程低着头，等他出完气去了厕所，整个休息室里只剩金井。

刘鹤按捺住心跳，走进房间，金井的脸上盖着一条毛巾。

“新来的助理是吗？”

“是的。”他弯腰，把温热的两大盒快餐摆放好，开盖，并且打了一杯清水放在旁边。

金井挪过身体，夹起一块肉，在水杯中涮了涮，等油脂去掉了不少后，水里也漂了一层浮油。

“你没看过我的剧吧。”

“没有。”

“坐下一起吃吧。”

“我还好，不饿。”

“吃吧，今晚要忙到很晚的。”

刘鹤不明白这话是什么意思——代言活动已经结束了。

刘鹤怎么都没想到，自己会进入这场所谓的派对。

每个月，在金井住的高档公寓都会有这样的派对，刘鹤负责收走来宾的手机。

在这里发生的一切都是无痕的，说这些人聪明吧，可他们却愿意让一个入职仅一个月的实习生一同参与。

刘鹤不想评价这个圈层的人。他来这里的目的是搜寻金井的房间。刘鹤见过林文静死时的照片，她头发上的绑绳不见了，而自己走时是看着她的头发绑起来了。

“人自杀前，很可能会把自己弄干净，她可能随手放在某个地方了。”女警当时这么解释，但直到店铺被盘出去，刘鹤还是没有找到头绳。

如果在金井的房间里找到，应该能够引起警方的重视。

与网络上的谣言不同，这场派对并不仅仅有娱乐圈的人参加，还有一些只在电视上会出现的熟脸。

“不要盯着人家的脸，做好自己的事。”张通警告刘鹤。

整层楼都被金井包下了，现场来的人都戴着动物面具，包括刘鹤自己。年轻的女人穿着撩人性感的衣服，戴着面具和“大人物”喝酒。张通给刘鹤等员工下达的命令是，注意有没有人拍摄。

刘鹤一直在找时机，终于在张通与他们这一次的目标——陈老板见面热聊时，顺利溜进了金井的房间。

房间内挂着一张壁画，是一个抱着一只小狗的女孩，眉眼像极了林文静。

时间争分夺秒地流淌着，他几乎翻遍了能找到的柜子，却没有发现头绳。

不过衣柜的最外面放着一件显眼的黑色外套，与其他的衣服并不相同。刘鹤想到了那天视频中的黑衣人，不过并没有发现口罩和墨镜。

这时黄狐发来信息：你在哪儿？我帮你找证据。

刘鹤皱皱眉头，随即一种不祥的预感涌上心间。他太了解她了，她想接近金井，套他话里的信息。做分手代理人的人，对于自身把控他人的感情太自信了。

来不及多想，房门打开了。刘鹤躲进了卧室的衣柜中。

金井急匆匆地走进房间，对着手机低吼道：“你上次不是说是最后一次了吗？我当然知道陈老板很重要，汪总也是，但这段时间我真的没精力……你和林文静谈好之后，她就死了，我已经不知道该怎么相信你的话了。”

衣柜里，刘鹤压抑着自己的心跳和喘息，他显然是在和张通说话，杀死林文静的是张通？可为什么呢？

一个猜想浮现在刘鹤的脑中。

金井一直和林文静保持联系，并且被林文静知道了一些事，而这一切被张通知晓了。所以最后林文静和自己说的，要去和他说清楚的是——张通？

门被打开，张通带着一个中年男人进来，男人有着肥嘟嘟的脸颊和一双精明的眼睛，他就是张通口中的陈老板，也是新剧的投资人。

在他周围还有两三个男人，据说是平台的高层。

金井接下来有一部重头剧，他想从 A 平台跳到资源更大的 B 平台，这些都是今晚要见的人。

“今天这些是我们公司打算签的一些新人，陈老师和各位平台的老师们可以多把把关，给他们提提意见。”

透过门缝，刘鹤看到几个年轻女孩走进来，每个都拥有完美的身材。当第三个女孩摘下面具时，刘鹤捏紧了拳头。

他想到黄狐会来，却没想到这么快就出现了。

早就和她说过了，不要牵扯进来！

“陈老师好，张老师好，我叫黄狐，啊！是金井，我是你的粉丝！”

与其他几位敬酒的姑娘不同，黄狐一上来就开始扒拉金井，金井面无表情地喝酒，对她的热情并没有太大回应。

陈老板的视线一直在她的身上游走，张通立马把她拉到了陈老板的身边：“你懂不懂事啊？”又转头对陈老板说：“陈老师，您多多教育。”

黄狐被灌下了一杯又一杯的酒，脸色渐红，眼神逐渐迷离。

“咱们换个地方，吃点东西，讨论一下新剧的档期和宣传计划吧，陈老师他们聊得这么好，让他们自己聊吧。”

张通与众人勾肩搭背，现场其他人露出心照不宣的微笑，纷纷起身。

“你们也知道，这是我们小金去年最重磅的一番剧，电视台那边已经确定了，会是上星剧，广告和东南亚地区的预售分成部分，我是这么想的……”

随着声音的远去，房间里突然出现了音乐，掩盖了客厅的声音，陈总带着醉酒的黄狐去了二楼。

刘鹤感到汗水从手掌上分泌出来，他推开了衣柜门，与此同时，客厅的大门再次被打开。

一阵急促的脚步声，是有人冲上楼了，随后则是花瓶碎了一地的声音。

刘鹤冲上楼，看到陈总倒在地上，地板上满是一个古董花瓶的碎片，金井拉着黄狐满脸慌张地站在一边。

鲜血逐渐蔓延到了刘鹤的脚下，刘鹤赶紧从浴室里找来了浴巾，试图为陈老板止血。

“对不起，对不起，我不想再这样下去了……”金井蹲坐在地上，双手抱住头，看起来像一条丧家犬。

“是张通杀的林文静吗？”刘鹤冷冷地问道。

金井茫然地抬头，表情困惑。

“我是林文静的员工，那天我也在现场。”

“那你没有看到他吗？”

这个问题像是打入刘鹤内心的一记重拳，他突然想起离开宠物店后，走过商业街的转弯处，他与一个戴着墨镜和口罩的男人擦肩而过，那个男人刚好比自己高半个头。

在代言活动的时候，张通站在他身边，就比自己高半个头。

6.

“我不该让她单独和张通见面的。”

金井开着车，行驶在前往市郊的路上。

雨水逐渐打湿车窗，夜很黑了，高速公路两边逐渐空寂下来，刘鹤感觉自己要迷失在超跑的风驰电掣中。车内开着空调，某种好闻的香水把整个空间都填满了。

“喝点水，清醒一下。”刘鹤给黄狐递过去一瓶矿泉水，随后打开车窗抽起了烟。

“陈总呢？你不管了？”他又问道。

“我通知张通了，他会帮忙擦屁股的，他最擅长了。”金井把抽了一半的烟丢到窗外，“我先把你们两个送走再说。”

“不过为什么张通的衣服在你那里？”

“我和你一样，一直在搜集他的证据。”

“为什么不给警察？”

“我当然想过，但只是把这件衣服交出去的话，并不足以证明他杀了文静，我雇用了私家侦探，还在调查。而且……”

“你是想要放长线钓大鱼是吗？但放在卧室那种地方，不是很容易被发现吗？”

“张通原本说过之后不会再有这种聚会，他骗了我。不然我也不会把这么重要的证据放在那里让你发现。”

金井说得有道理，但刘鹤总觉得哪里说不通。

"你和文静什么关系？"车内后视镜中，金井的目光投射过来，刘鹤感到一阵眩晕。

"我在和她相处的过程中，逐渐喜欢上了她。"

沉默许久后，金井为了打破尴尬，随口说道："你渴吗？"

刘鹤摆摆手，今天已经够疲惫的了，困意逐渐袭来，他只想靠着床边睡一觉。

"我能理解，文静确实是一个很容易被喜欢的人。比起我，她更能够获得他人的心。"

"她有时候会犯傻。"

"哈哈哈，是的，她一直都很擅长犯傻，比如有一次吃火锅，她说想体验我的感受，也戴着口罩墨镜出来，于是，她就在口罩中间划了一个口子，硬是不摘下来，戴着吃。"

刘鹤看着金井松弛的表情，也不自觉笑了出来。

"她给小狗洗澡之前还会洗手，其实没必要。"

"哈哈哈，是的，她有洁癖。"

"明明不会喝酒，又会挂脸，她还硬喝。"

"她就爱逞强。"

两个男人你一句我一句，金井的眼眶湿润了，却咧开嘴笑着。

"她死的当天晚上，我们聚餐时，她很高兴，说要年底扩店，还喝了点白的。这样的人……"

"白的？不是啤酒吗？"金井愣了下，把车子停在了路中央。

金井看向了刘鹤，和刘鹤凌厉的目光在空中相遇。

"你怎么知道，她当天晚上喝的是啤的。你来过现场，是吗？”

但问完这句话后，他再也控制不住，昏睡了过去，原来问题不是出在水里，是在气味里。

金井吐出舌头，他提前含着解药，做了准备。

7.

当刘鹤再次醒来时，身边有两个已经挖得很大的坑洞，远处平地上是两部手机。黄狐还在昏迷中，金井的脸上带着某种兴奋。

他动了动，可惜双手被绑得死死的。

“放心，今天之后，你所有的烦恼都没了，我亲爱的分手代理人朋友。”

“委托是张通找来的，为的就是让你和林文静分开。”

“是的。但我没想过和文静分手。杀了她，她就不会和我分开，不会再喜欢上其他人了。”

金井仇恨的目光冷冷地扫过来，让刘鹤感到心寒。他动了动腿，感觉身体僵硬，只能努力盘起腿来。

黄狐在这时醒来，弄清情况后开始大声喊叫，周围却没有什么人。这里似乎是个废弃车站。

“你把事情都推到张通身上，他那天真的去了店里和文静交谈，监控也拍到了。”

“是的，你也看到了。我原本想让你成为证人的，但你知道的太多了。”

“头绳呢？你放在张通的家里？是想要引导我去查张通，然后告诉警察？”

“聪明。一直以来，我都认识你，我早就知道你在文静身边。但是刘鹤，你靠得太近了。”

刘鹤感到不对劲的地方就是，如果张通故意想要制造“自杀”的场面，林文静不可能没有外伤，她一定是见到了很熟悉的人。第二点，这个人一定是熟悉宠物店的，因为刘鹤知道，这些宠物安乐死的药物一直都放置在办公室柜子的第三层抽屉，只有林文静有钥匙。如果凶手是张通的话，不可能这么快找出药物。

“你是怎么避开摄像头进来的？”

“旁边的门面我已经租下很久了。”

“难怪我经常会感觉被人窥视着，你经常来宠物店观察我们吧。”刘鹤叹了口气，金井或许那天很早就在旁边等着，等所有人都走了，再从旁边的窗户翻进去。

“说得差不多了。”金井放下铁铲，拖着黄狐的脚，走到坑洞里。

黄狐哭着求饶，随后用最恶毒的话来咒骂金井，而他也只是笑了笑。

汗水从刘鹤的额头流淌下来，他预感今天好像要交代在这里了。

“你别杀她。你放她走，怎么处置我都可以。或者，你先埋我。”

“没区别的。”

“我们来玩个游戏。”

“别拖时间了，刘鹤，你玩砸了。我的朋友。”

“我们玩个游戏！”刘鹤大喊道。

金井一脸玩味地看着他:“你在拖延时间,有什么意义呢?”

“你不想知道,林文静在最后的时间,和我说了什么吗?”

“呵呵。”金井往黄狐身上铲土。

“溯明中学。”

金井停下了手上的动作,神色在车灯下显得格外阴冷:“她连这个都和你说了?”

“你们都是溯明中学的,你比她小一届,你因为从小长得像女生,一直被欺负,是林文静保护的你,她一直都是你最在意的人。你第一次养的猫被送走时,哭得很伤心,她送了一只一模一样的给你。”

铲子被随意丢在地上,刘鹤的身体被鞋跟密集地踢着,疼痛的部位经过雨水浸泡后,更多了一丝寒冷,但他还是坚持说道:“后来,那只猫因为你养不好而死了,你就发誓说自己以后要开一家宠物店,你不会再让任何一只猫死在你的手上。你没做到的事,林文静替你做了。”

“她连这个都和你说了?!她还说了什么!”他抓起刘鹤,疯狂殴打他。

“你想知道她最后说了什么吗?”

刘鹤在金井的耳边说了一句话,金井停下了手上的动作,坐在地上。

“这不可能!你骗人!”金井突然站起来,拿起铲子,想要往刘鹤的头上拍去,一声枪声响彻林间。

“不许动。”

警察在最后时刻还是赶到了现场。刘鹤赌对了,成功拖延了时间。

“怎么做到的？”金井被铐走时，还是恨恨地盯着刘鹤。

“要感谢你。”

刘鹤身上有两部手机，除了自己的，还有一部绑在脚踝上的，是张通的。

派对最开始时他就已经获得了所有人的手机，最初金井引导自己怀疑张通，所以他拿走了张通的手机想要调查。在车上，他对金井逐渐起了疑心，便偷偷拨通了女警的电话。

在金井坐进警车之前，黄狐狠狠地踹了他几脚，警察拦得并不那么及时，多给了她一些机会。

“你相信他的鬼话？”

“他是演员，他杀死林文静没有其他理由，就是因为她已经接近调查核心了，知晓了他们这个秘密派对的事，也许已经私底下联系了受到伤害的女生，想网上曝光这个事。只是她一直以为金井也是被迫的，她把矛头指向了经纪人张通，可张通也只是金井达成欲望的工具，这一切的人脉，组起来的局，都是金井自己网罗、建立的，林文静是他突破圈层的阻碍。”

“张通应该不知晓全情，他找来了我们，希望让她和金井分手。他不知道的是，林文静已经不喜欢他了，想要提出分手的是她。”

“她一直以来，都想再次拯救前男友，但没想到……”

从警车下来后，刘鹤在黄狐的搀扶下，一瘸一拐地走向医院。

“你说的那些都是林文静之前和你说的？”

“没有，林文静没对我说起他们以前的事。”

“那你怎么知道的？”

“你忘了我教你的？”

黄狐莞尔一笑：“分手代理人，接到客户任务的第一时间，调查要攻略的目标。厉害，刘老师。”

“有一些是我自己猜的。那张放在店门口照片墙上最显眼位置的照片，像素明显和其他的照片不同，应该是十年前拍摄的，里面埋葬小狗的人没有露脸，只有一双手。之前我一直以为是林文静自己的手，直到我看到了金井的手才发现其实是他的，他的小拇指骨节有错位和弯曲。”

黄狐赞叹不已，又问道：“还有最后一个问题，师父，你在他耳边说了什么？他突然就暴怒了。”

“我以为抛出这个，他会更愿意聊下去，等警察来，谁知道他突然动手了。早知道就不说了。”

“你说了什么？”

“林文静怀孕了，是他的。”

“骗他的？”

“这个是真的。”

“推理之神推出来的？”

“不是的，是那天她亲口和我说的。”

那个夜晚，远处是演唱会上传来的悠远的歌声，林文静带着酒气，在他耳边说自己有孩子了，她如瓷器般光滑的脸上生出无比的温柔，好像在期待着新的身份和未来。

那会是一个多幸福的孩子啊。

“恭喜啊。”那是他最后对林文静说的话。

“听到了，谢谢你们。”

看到平日里没人的时间点多出来两个人，小狗、小猫们有的叫着，有的摇着尾巴。

谢谢你们。她把那些小狗小猫的叫唤也算作祝福了。

这样的人又怎么会自杀呢？

“你也要‘退休’了吗，师父？”刘鹤进入警局之前，黄狐叫住了他。

“我以前认为我们这行没有意义，充满了诱骗与谎言，但我现在不这么想了。有的时候，被切断关系固然痛苦，但何尝不是一种帮助。离开一些人，即便是被迫的，也可能是新的开始。”刘鹤捏了捏黄狐的脸，“分手代理人的工作，我还会继续做的。”

18号公寓住客登记表

房间号:	[redacted]
租客姓名:	唐建
性别:	男
年龄:	46
证件号码:	[redacted]
职业:	甲醛清洁工
健康状况:	□良好 ☑有慢性疾病（请标注）： 皮肤病，身上大面积肿胀红斑
入住房客签字确认:	唐建
入住时间:	[redacted]

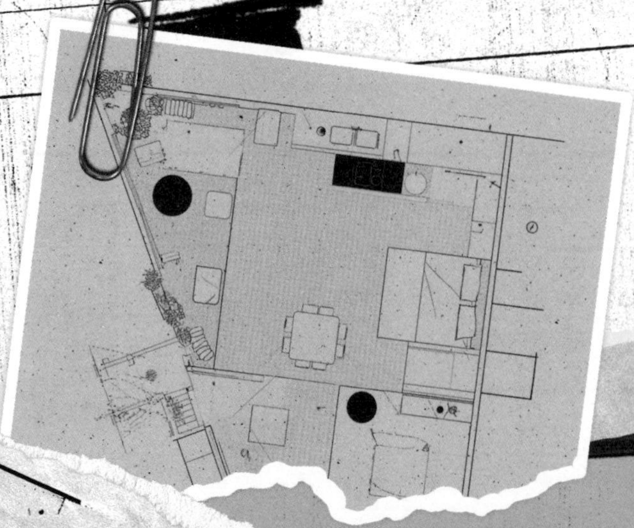

第八章 甲醛清洁工

文/量杯煮咖啡

NO. 18 APARTMENT

第八章

甲醛清理工

1.

有人来了，棚顶的灰尘随着老旧楼梯的震动落了下来。

那是个戴着口罩的男人，未被遮住的眼角纹路和布满血丝的泛黄眼珠暴露了他的年纪，额头附近的红色斑痕好像溃烂后又愈合的产物，在皮肤上肆意蔓延至脖颈，潜伏在衣服下。

男人走到了灯下，似乎被灰尘呛得咳嗽了两声，喑哑的声音仿佛一片干涸许久的废土。

“就是这里，能提供免费住宿吗？”

他面向黑暗。

“……我不知道，或许……但我保证，我说的都是真的。”

走廊里的一扇窗户忽然被吹开，风雨突至，男人蹒跚着走向床边，抬起布满红斑的手艰难地关上了窗户。

他转过头，窗外的闪电让他的面容融进大片阴影。

“那是……几年前的事了。”

2.

我叫唐建，46 岁，已婚，有一个上中学的儿子。我之前在工地打工，但运气不好，遇到两次烂尾工程，拿不到钱，就跟着大部队去讨薪。那会儿我们就是在路边举个牌子，大车一过，带起的灰迷得眼睛都肿了，就这样也没人先离开，毕竟家里都……

……不想听这些吗？行吧，就从我最后的那份工作说起。

那会儿我是真缺钱，我儿子在上中学，媳妇之前是厂里的，后来腰不行了，办了内退，退休金只有一千多，之前在家里接了点手工活，但因为腰的老毛病，也赚不了几个钱。

那时有个工友介绍我，干了份甲醛清洁工的工作，按单结算，给得多，就是伤身体。

介绍人说得很直接，干这行对肺不好，头会疼，皮肤会烂，很难治，让我考虑好。

我觉得没什么好考虑的，我媳妇当初在厂里干的就是最普通的活，也留了病根。

想赚钱，哪有不生病的？

有钱人才求身体健康，我只求全家吃得上饭。

跟中介那边签了什么自愿合同之后，他们就开始给我派活了，让我去刚装修好的人家里，替他们先住一周。

虽说是用人体吸甲醛，但其实现在的装修材料都改良过，宣传都是无甲醛或者低甲醛，只是顾客不完全相信他们的说辞，这才让这个职业仍旧有的赚。

我那会儿干了差不多大半年，除了经常咳嗽和皮肤发痒之外，也没什么问题。就是我媳妇总担心我，让我找点正经营生，别拿命搏。

我心里头明白她是为我好，可这能当饭吃吗？能当新衣服穿吗？问题不解决，我们总吵架，就这么莫名其妙地吵，莫名其妙地散，她动不动就回娘家，扔下我跟儿子两个爷们儿凑合过日子。

不管怎么说，我总算是靠着这份活有了点积蓄，也没想着再换其他工作，直到我去了那家。

那次才刚进屋，我的眼泪就掉下来了。

我一边揉眼睛，一边回忆起了岗前培训的内容，明白这是遇到真家伙了。

屋里是开着窗户的，我就敞着门，在门口站着，打电话问中介这家是怎么回事，说话的工夫，嗓子就已经有烧灼感了。

中介说了些房主乐意之类的废话，明显是有事瞒我。

屋子里通了风，眼睛也感觉好了些，我的视线不自觉地落在了客厅的一块凸起的地砖上。

刚装修好的房子，怎么就成这样了？

我有点奇怪，刚迈了一只脚进去，中介在电话那头用力嗳了声："算了，实话告诉你，他家死过人。"

我的脚一时不知道落不落下去，中介却刚打开话匣子："细节我不清楚，反正是凶杀案，房价跌了三成，这家人图便宜买了，可心里又过不去那道坎，所以就在装修上下了猛料，也不知道是怎么想的，可能是找人看过……”

中介还在喋喋不休，我已经退回了门外。

且不说迷信的那套，光是这里不低的甲醛浓度，我就没道理接这单。

我正准备开口，中介抢在了我之前说：“不过既然省了买房钱，甲醛清洁这边的预算就多了，同样的时间给你三倍，你可别偷懒。”

原本不划算的工作在此时变得金贵了起来，我连忙应声，急得咳嗽了几下，目光又落在了地板上。

“……咳，差点忘了跟你说，他家这装修有问题，我拍照给你，别再事后怪上我。”

像我们这种进别人家里的工作，一般都是要留个入户照的，不然磕了碰了不好解释，跟中介告知后，我就拍了照片过去。

“……你这拍的，也看不清什么啊，要不我过去一趟吧。”中介嘟嘟囔囔地又说了什么，我却什么都没听清，那头就挂断了电话。

我掏了掏耳朵，最近不知怎么，总听不清人说话，抽空去挂个号吧。

毕竟挂号费也不贵，多余的检查就算了。

小指刚从耳道里出来，周围的声音忽然清晰了许多，我好像听见了屋子里有滴水的声音，像是从隔壁房间传出来的。

这户装修格局是新式的，卫生间和厨房都在门口，漏水的房间很可能是卧室或者书房。

这也太奇怪了，我也算是见过几十家新装修的房子了，从没见过如此豆腐渣的工程，犹豫了片刻，我还是决定把漏水的房间也拍一下，给中介看看。

这间房子虽然还没做软装，但也看得出是精装修，房间铺了隔音板，漏水的位置应该是暖气管一类的位置。

这是我本来的想法。

然而在我进入那个房间后，我才发现这里和我所想的截然不同。

这里有水渍，但绝不应该有滴水的声音。

不知道为什么，这一间房里并没有打隔音板，而是最原始的白粉墙。墙壁正在渗出液体，以中心拳头大小的深色痕迹为中心，蜿蜒的水痕仿佛血管一样蔓延到墙壁四周。

滴水声仍在继续，滴答，滴答，可我却找不到滴水的位置。

我从兜里摸出手机，可手却不自觉地发抖，手机就这么掉在了地上。

咚的一声，滴水声也消失了。

房间安静了下来，静到我甚至听不见自己的呼吸。

我揉了揉眼睛，怀疑自己产生了错觉，可眼睛越揉越疼，最后几乎睁不开了。

眼前的景象因眼睛的疼痛而变得模糊不清，可我的脑子却越发地清醒，事已至此，我只能怀疑自己是见鬼了。

这闹鬼的凶宅怎么偏偏被我遇到了？这世上真的有鬼？为什么是我撞上？

我后退步子，想要照着原路退出去。结果刚走了两步，就撞到了什么东西上。

我的身后……是墙？什么时候……我被困住了？

这种事情实在是太出乎意料了，我的脑子越发地清醒，清醒地恐惧着未知的一切。

眼前模糊的景象开始发灰，眼前墙壁那大片的深色纹路逐渐和墙壁融为一体——就好像它们从来都是一起的。

不对，其实更像是被吞掉了，那堵墙壁想吃掉一切，马上就会吃掉我！鬼在墙里！

心里升起的念头让我膝盖一软，我一屁股坐在地上，挨着墙面蹭着走，试图找到边缘，离开这个鬼地方。

可我不知道蹭行了多久，也没能够找到边缘，直到我的后背撞上了一根绵软的杆子，我才忍不住抬头看向身后。

模糊中，我看到了一个人，穿着人类衣服的，人。

他的脸是全黑的，五官的位置却是白色的空洞，但那空洞的边缘又是不规整的，还有些朦胧。我不知道该怎么形容我看到的东西，那就像是被火焰焚烧后，残存下的一点白。

在他后面，我看到了中介的脸，但我看不懂他的表情。

头痛，剧烈的头痛，让我思考不了任何东西。

3.

后来的事我就记不清了，就记得中介挺生气的，说是雇主不满意我，只给我结了八十块，叫我以后都不要去了。

我那会儿脑子昏昏沉沉的，什么辩解的话都说不出来，等反应过来的时候，已经走到自己家门口了。

当时我也没马上进屋，站在门口琢磨了好一会儿，只能把刚才的事归咎于撞邪了。

他不让我去，我也不稀罕去，闹鬼的破房子，谁想上赶着送死！

话虽这么说，但我这一天的时间全浪费了，被甲醛熏得眼睛疼也才赚了八十块，这事越想越觉得窝火，敲门的力气也大了不少。

老旧的楼道里回荡着咚咚的声音，可房门始终没有打开。

我平时没有带钥匙的习惯，时间也不早，我媳妇和孩子应该都在家里，可他们就仿佛没听见一样，留我在楼道里愣杵着，就像个笑话！

火气越养越大，肚子被涨得恶心，我拍门的手握成拳头，对着房门发泄着不满，门框边有灰簌簌落下，落在了我的衣服褶子里。

屋里静悄悄的，好像没人在家。

我气得想骂人，深吸了几口气，转头看向门口的鞋柜，我家备用钥匙应该是放在最里侧的旧皮鞋里，只是太久没用了，我也不确定。

老楼道背光潮湿，我的手刚伸进鞋子里，指头上便传来了黏腻的触感，仿佛看不见的鞋垫上已经长了霉菌。

金属的冰冷和黏凉的感觉几乎融为一体，但坚实感暴露了钥匙的位置，我刚把钥匙勾出来，身后又响起了锈蚀门轴的嘎吱声。

对门的邻居老太虚掩着门，半边面容展露在昏暗的走廊灯下，一言不发。

我被她看得有些发毛，问她有事吗?

她也不说话，只默默盯着我。

我懒得理她，只当她上了年纪脑子犯糊涂，拿着钥匙开了自家房门。

在我开门的同时，身后的门也关上了，两声同步的嘎吱声引起我一阵耳鸣。

用力拍了拍耳朵，症状才稍微好了些，我拉开房门，却被屋里的情形吓了一跳。

客厅没开灯，我儿子唐朝就站在黑暗中，面朝门口，一动不动。

憋了好久的火在这一刻彻底爆发，我鞋也没脱直接冲进屋子里，对着唐朝脑袋来了一下。

“你聋了？我刚才敲了半天门你没听见吗？家里是穷得没钱交电费了？摸黑一杵想吓死你老子吗？”

唐朝被我打得一踉跄，歪垂着头，身子却挺立，就好像从脖颈处被吊起来的尸体。

看他这副样子我又有些后悔，我心里清楚自己是把在外面受的窝囊气发泄在儿子身上，可他直到现在都一声不吭的态度，又让我没法对他说几句软话。

鼻腔里挤出的两声吭嗯似乎也没有打破我们爷俩儿间的僵持，我转头去开了客厅的灯，一转头，唐朝还是那副吊死鬼的样子。我这才注意到，他身上还穿着校服，没有换上家居服。

“你妈呢？”我主动找了个话题。

唐朝总算是有了点反应，脑袋缓缓地正过来，嗓音有点哑，好像一整天都没有喝水。

“……妈还没回来，没人做饭，我吃完泡面就睡了，还没睡醒，你就进来了。”

原来是睡迷了又被我打蒙了，我无奈一撇嘴，挥挥手叫他回去继续睡觉，我去热两个速冻叉烧包将就一下。

恍惚间，包子蒸久了，面皮儿浸得湿漉漉的，嚼在嘴里好像咬破了一层水泡。我吞咽着白面，心里泛着嘀咕。

媳妇回娘家多久了？我怎么感觉记不清了？

4.

吃完饭我也就去睡觉了，起夜的时候，发现厕所灯亮着。

我想着这会儿应该是唐朝在厕所里，刚想开口催他快点，忽然听见里面传来了仿佛压抑着痛苦的声音。

我忍不住直接推开门，门后的画面让我怀疑自己的眼睛。

唐朝的手里拿着壁纸刀，刀刃正对着他裸露的手臂，而手臂上爬行着深深浅浅的红色线条，就像是烂尾工地上被丢弃的警示线。

我脑子里最后一根理智的弦也崩断了，思绪如一团乱麻。

暴怒的我操起一旁的洗手液，胡乱地在唐朝身上打砸，他躲也不躲，一声也不吭，就像个任人发泄的沙包。

卫生间的地面和唐朝的头发上都是透明的黏液，空气中还飘着几个闪着彩光的泡泡，我累得气喘吁吁，内心泛起了空虚。

我在做什么？唐朝在做什么？有必要吗？有意义吗？

我辛辛苦苦拉扯他这么大，给他吃穿送他上学，他对得起我的辛苦吗？那我有什么必要为一个烂泥扶不上墙的孩子费心费力？

他的沉默是对我的抗议吗？他为什么不说话？他在嘲笑我吗？以前对我顺从的孩子到底是从什么时候变成这样的？从中学开始的吗？他交了不三不四的朋友吗？

我是从什么时候开始对他不再了解的？难道我其实没有想象中的那样关心他吗？

他这是在对我表达不满吗？他真正想要攻击的目标其实是我吗？

空中的泡泡碎了，我的问题仍旧没有答案。

但我累了。

我长长呼出一口气，把手里的洗手液扔到一边，偏巧砸到了从唐朝手中脱落的壁纸刀上，两者碰撞发出刺耳的摩擦声。

算了，明天我还要工作。

我不再回头看他。

睡醒后，我的记忆很模糊。

蒙眬间，我好像接到了中介的电话，他的话我听得不甚清晰，只记得他的意思好像是，那家叫我继续去干，酬劳还按之前说好的三倍算。

我答应了，因为我不想待在家里。

虽然这是我的安身之所，可我却觉得这里比充满甲醛的房子还令我窒息。

出门时，唐朝的房间门关着，大概是已经去上学了。而雇主家的门户大开，仿佛在欢迎我。

今天的甲醛味道好像比前一天淡了点，我在门外深吸了口气，走进了那扇门。

我下意识先看向了前一天的墙壁，窗外的阳光正好，墙壁洁白无瑕，不曾有过半点痕迹。

仿佛昨天我看到的只是一场梦。

看来要么是因为甲醛让我出现了幻觉，要么是我昨天撞鬼了，结合我的存款来看，我希望是后者。

房间没有开窗，在我走向窗边的时候，脚底板传来了奇怪的感觉。

我低头，发现正好踩到昨天给中介拍过的地面隆起的位置，踩在上面的感觉比看起来还突兀，甚至感觉是凹凸不平的一片。

仔细看看，就好像一张附在地上的人脸。

大概是昨夜闹了一通，我实在是没休息好，本该升起的恐惧情绪竟迟迟未来。

我抬头走向窗边，开窗通风，刚才的异常，我就当没看到吧。

可等我再度转身的时候，那处凸起前多了个人。

这人身上穿着物业的工作服，脸上戴着口罩，正在低头细细打量地面，也不知道他是什么时候来的。

或许，是雇主通知了物业来查看我工作的进展，看我没关房门，就直接进来了。

我正准备跟他打个招呼，对方倒是先开口了。

“你听说过这栋房子之前的故事吗？”

这话没头没尾的，但我很快反应过来。

“你是说那个凶杀案？我不清楚细节，我就是来做甲醛清洁的，雇主家的事我不感兴趣。”我回答道。

对方没理我，他站起了身，我看到他的脸上戴了厚重的口罩，但他的眉眼却让我感到熟悉，好像曾经在哪里见过。

“来都来了，就当听个故事吧。”

他似乎兴致很高，不顾我的反应，自顾自地讲述了这栋房子沦为“凶宅”的前情。

5.

“听说，上一户人家是一对夫妻，男主外，女主内，分工经营家庭，日子过得安安稳稳，很少发生争执。直到妻子发现丈夫的身上有一根长长的、金色的卷发。

“丈夫解释说自己没有出轨，也不清楚这根头发的来历，思来想去，可能是跟同事吃路边摊的时候，喝醉的邻桌经过他的身边，意外摔倒在他背后剐蹭到的，对方大概是个女的。除此之外，他没接触过异性。

“妻子冷笑，笑得眼泪都掉了下来，她感到难以置信，丈夫居然用这么拙劣的谎言欺骗自己，他简直是在把自己当傻子！丈夫也感到难以解释，因为世上就是有这种巧合的事，此时的他满腹委屈，更不理解为什么妻子会如此轻易地怀疑他，为什么要吵这莫名其妙的架？

“两个人越吵话越多，双方都在说自己为家里付出了什么，可双方的心里只有自己的委屈，谁也听不进对方的话。这样的争执不会对解决问题带来任何的帮助，只会让在心里酝酿许久的不甘持续发酵。

“随着争吵的升级，惨剧也随之发生，墙纸被血液泡起了边，生出恶语的嘴唇双双贴在了冰冷的地面。

“警察从血泊里拣出了一根污得看不清本色的卷发，通过检验，想确定第三方的身份。

“那是根假发。”

这故事太离谱了，让人想笑又笑不出来，想说什么，又感觉像是截粗茶叶梗噎在喉咙里，苦半天才能挤出句话：“两口子过日子，多忍让忍让彼此才对，怎么就因为这点事闹到这一步，也太不懂事了。”

我看不到物业那人的表情，但我感觉他好像想笑，又没有笑。

“为什么要忍让？当初恋爱的时候不是说好了要有事说事坦诚相待，就算对方有说不完的话，那会儿也都能耐心倾听。怎么关系更进一步了，反而开始敷衍了事了？”

我有点不耐烦，对方的话说得太轻易，像是一种指责。

“一听你这话就知道你没结婚，男人为了家庭拼命工作很累的，哪有那么多精力在乎那么多？”

男人的眼神变了：“我确实没结婚。”他的手抬到了下巴处，捏住了口罩边缘，“所以我不明白，明明是自己许诺了要两个人一起幸福，为什么到了最后，却成了我是为了你才吃苦。”

口罩被拉了下来，遮挡消失，我得以看到了男人的脸。

“难道结了婚，做选择的机会就被对方操控甚至吞噬吗？”

那是我的脸，看起来更年轻的、结婚前的脸。

“婚姻，是你用来遮羞的口罩吗？”

见鬼了见鬼了见鬼了！

我被“我”追到了洗手间，我把门反锁，挡住了“我”。

“我”没有攻击我，“我”只是静静地站在门口，影子投在磨砂玻璃上。

“你在怕我？不对，你怕的不是我，你怕的是你逃避的被遗忘的一切追上你。

“那是事实，你逃不掉的。

“你怕的是你自己。”

我蜷缩在雇主家的浴缸里，虽然隔着一道门，可“我”的声音仿佛能穿透一切，钻进我的耳道，带着头骨震动，吵得我脑袋剧痛。

逃避？我什么时候逃避了？我一直都在向前努力奋斗啊！

那年有人给我介绍了份离家远的工作，虽然累，可福利待遇都不错。但我拒绝了，不是因为怕吃苦，我只是怕我媳妇腰伤在家没人照顾。

之前讨薪签联名状，我不是不想签，我只是怕万一闹大了进去了影响唐朝的未来，我不能让他有一个有案底的爸爸。

我做的一切选择都是为了这个家，我吃的苦也都是为了这个家，我已经很努力了，我能逃避什么？

“当然是逃避你曾经的选择。”那个声音回答我。

脑子里嗡的一声，我的眼前眩光闪烁，“我”好像把我不愿想起的画面塞到了我的脑袋里。

她不会回来了，我们已经离婚了。

不会继续争吵了，不会有人做饭了，不会有人开门了。

因为唐朝早就……

6.

唐朝的朝，是朝日的朝。

但姓名簿上没有注音，大家都以为是朝代的朝，从小到大都是如此，唐朝慢慢就懒得解释了。

青春期是躁动的年纪，躁动体现在各个方面，从身体到头脑，以及奇怪的思维发散能力。

几个孩子会在午休时候围住唐朝，带着自己的餐盒。

“唐朝以胖为美，你怎么这么瘦啊？要不我们帮帮你啊。”

唐朝的衣服总是脏的，因为那几个人把不爱吃的饭菜强行塞进他的嘴里时，总会有油落在他的肩膀上。

唐朝的衣服总是破的，因为在他挣扎着想要逃跑的时候，总会有人把他拽回来，拉扯间衣服就脱了线，鞋也掉了掌。

他想跟家里人诉说自己的委屈，可妈妈在跟爸爸吵架，爸爸一直在喊为了这个家他好累。

大家都想着自己的委屈，大家都很委屈，大家被困在小家里窒息得只够做体前屈。

哈哈，手臂上新结的痂好痒啊，痒得人发笑。

唐朝沉默了。

他在学校沉默，希望被人忽略，但他期待的没有发生。

他在家里沉默，希望被人注意，但他期待的没有发生。

唐朝坐在马桶上，手臂上趴了一条鲜红的长蛇，它贯穿手臂上的一道道红色台阶，吐着分叉的信子慢慢游走到地上。

如果我永远沉默的话，会发生什么呢?

可那些都跟我没关系了。

唐朝安心地睡着了。

红色的蛇顺着门缝爬出了卫生间。

不知道什么时候，我已经躺在了浴缸里。

我的右耳嗡呜嗡呜地发出耳鸣声，脚下是流水哗哗作响。

我的脑子里为什么会出现那些画面？那是我的记忆吗？那是真的吗？儿子不在了，媳妇不在了，只剩下我自欺欺人地对着空荡荡的房间装作无事发生，对门的邻居对我的行为感到恐惧，却不发一言。

她在可怜我？怎么可能，我为了这个家付出这么多，我应当是个好丈夫、好父亲，不应该是个失败者。

一定是哪里出问题了。

我整个人泡在水里，轻微的失重感传递到身体各处，四肢却莫名酸痛。

我忽然明白了。

假的假的假的假的，都是假的；不对不对不对，不是这样的。

我儿子没死，他是有点厌学所以把自己关在家里，虽然在自残，但人活得好好的。

我媳妇还在，她只是生我气回了娘家，等哪天消了气就会回来。

后腰很痛，身体很冷，再加上我进了这栋房子才看到了那一切，这说明一切都是骗局！

根本没有单子，是这家人联合中介在骗我！他们一定是用了什么迷药让我产生幻觉，让我看到了一些不存在的东西。他们想割我的肾，浴缸里的冰水就是用来保鲜的，影视剧里都是这么演的。

想到这里，我用手在后腰摸了一把，眯着眼仔细看。

是红的，确实是红的，身下的水是红的，整个房间都是红的，这就是他们行凶取材的工作间！他们已经对我动刀了！

我脚上一蹬，卫生间的墙壁上溅起了血花，仿佛凶杀现场。

此时我也不顾后腰的疼痛，也不在意他们是否已经得手，但我心里只有一个念头——

逃离这个迷惑我的鬼地方，我要回家！

7.

“这就是我的故事，很可怕吧。我只是想赚钱养家，结果却遇到了下迷药、割人器官的团伙，真是侥幸捡了一条命回来。”

男人对着空气挥挥手，皱着眉头，就像看到了什么脏东西。

“这儿的卫生环境不太好啊……不过我也真的没地方去了。我儿子后来离家出走了，不知道去哪里了，媳妇……我总联系不上，我就把房子卖了，因为那份工作我干不下去了……是他们把我抛弃了，我付出了那么多，那么努力地工作，都是为了他们……算了。

“你问那户人家？别提了，我没追究他们就不错了，他们还想告我私闯民宅……后来……后来他们说我脑子有问题，什么甲醛伤了神经，什么错乱……我不清楚，乱七八糟。”

他说话间，抬手挠了挠下巴，随后倒吸了口凉气。

原来在他的淋巴处还有一排红肿的痘泡，刚挠破了一个，血液混着脓液流了出来。

“我的身体的确因为那份工作受到影响了，主要就是皮肤病，没别的，不传染，你放心……所以我能在这里住下了吗？”

男人得到了肯定的回答，脸上的红斑随着他的表情变成了怪异的弧度。

“谢谢，真是太谢谢你了，其他人都不愿意相信我的话，他们都说是我脑子有问题，怎么可能呢？我当时真的受伤了，绝对不是幻觉……我给你看证据！他们对我动刀的证据！”

男人说着便掀起了上衣下摆，仿佛邀功一样显露出他的后腰。

那里没有任何的刀伤痕迹。

只有红斑。

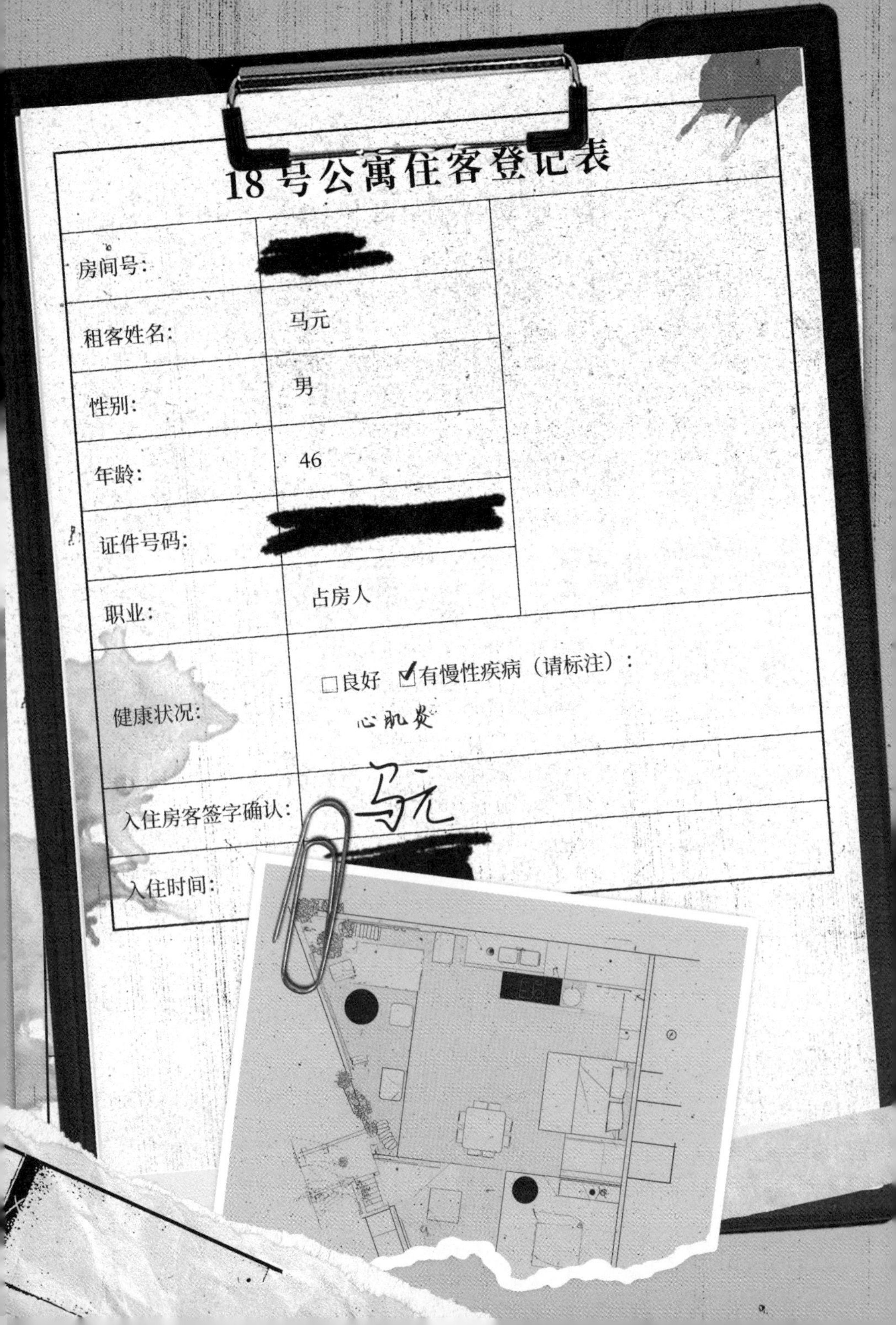

18号公寓住客登记表

房间号:	[redacted]
租客姓名:	马元
性别:	男
年龄:	46
证件号码:	[redacted]
职业:	占房人
健康状况:	□良好 ☑有慢性疾病（请标注）： 心肌炎
入住房客签字确认:	马元
入住时间:	[redacted]

第九章 占房人

文／狸猫合作社

NO. 18 APARTMENT

第九章

占房人

1.

走廊尽头闪烁的钨丝灯下，老马的影子被拉长得很远。

他身份证上写着 46 岁，可满头白发和脸上的皱纹却让他看上去像是 60 岁。

在 702 室门口停下后，楼上指甲刮墙的声音和对门的剁肉声都停了。这地方，每扇门后都有秘密，老马也一样。

他掏出钥匙开了门，立刻戴上降噪耳机，这是他最值钱的物件，也不知道为什么他一回家就戴上，像是怕什么声音似的。

这套 30 平方米的一居室冷得要命。四周邻居也都不是什么正经职业的人——拾荒的、试睡凶宅的，什么都有。对此，他也没什么可抱怨的，毕竟，这栋破公寓不收租金，水电全包，只不过作为回报，相对地，租户必须讲一个不为人知的、自己经历过的恐怖故事。

2.

我叫老马，是个占房人。

干这行不光彩，我也知道。

我之前的职业其实是程序员，只是过了 40 岁就被“优化”了。裁员理由是我没有如实向公司申报自己的精神状况。

我有轻度抑郁和失眠，不靠药物基本不能入睡。

可这年头谁还没点精神问题？

后来那几年我开始创业，和多数脑袋发热的人一样最后赔得血本无归。想再去做打工人吧，可人家一看我年龄过了 45 岁，连面试机会都不给。

我现在的体力和脑子做外包也争不过年轻人，原来学的那些代码和语言也变得一文不值。最后我只能靠送外卖维生。

大概 7 个月前，一天上午我没接到单，正在路边抽烟时，一个女人找上了我。是个穿着旗袍的漂亮女人，就和老电影里出来的一样。在这种地方可不常见，她戴着墨镜，问我想不想找份月结的工作。

这敢情好啊，于是，我跟着上了那女人的商务车。

司机是个彪形大汉，有点吓人。

女人自我介绍姓汪，名字我这里不能说，而且到现在我也不知道那是不是真名，暂且叫她汪小姐吧。

在车上汪小姐先问了我的基本情况，表现得很同情我，又问我的出生年月和血型，这就怪了，又不是相亲，最后还问我怕不怕鬼。

这是什么话，我笑了。

“怕鬼？我连饭都吃不上了，还怕鬼？”

“好，介绍一下你的工作内容。”汪小姐说，“任务很简单，住进一间房，一个月不许出门，三餐和日常用品可以通过外卖解决，这是试用期，月薪 5000 块，全包。”

如果是以前，这点月薪我根本不会放在眼里，可现在我连交房租都勉强。

算下来这就等于每个月除了生活费白赚 5000 块，还有这么好的事情？我自然是满口答应。

汪小姐随后拿出一张空白的 A4 纸让我签名，并要走了我的身份证。

我也不傻，我懂天上不会掉馅饼，估计是拿我的身份去干什么违法的勾当吧。可那时候的我没那么多可顾虑的，最不济进了局子至少有饭吃还有地方住。

“你们……不会是要我去缅北吧。”就算如此我还是忍不住问了，我在手机上刷到过不少缅北的小道消息，坐牢我不怕，噶腰子可太吓人了。

汪小姐扑哧一声，笑了出来。

“你放心，缅北现在不要 40 岁以上的。”

哎，人活成这样连被噶腰子的资格都没了，听天由命吧。

3.

车开进一个次新房小区，楼挺漂亮，就是空荡荡的，像是没人住。我瞅着这阵势，心想，八成是传销。

车一停，汪小姐和那个壮得像头熊的司机带我进了楼，目的地在一楼。门口有个锁匠模样的人刚修好锁，试了试门，递给汪小姐一串钥匙，冲她点点头就走了。

进房子前，汪小姐把自己的手机交给司机，也让我交出了手机，接着让司机在门外等着，自己进了门。

我跟着她一脚跨进门槛，眼前一幕直接把我看傻了——客厅正中间摆着一个不应该出现在民居的东西——一口漆黑的棺材。棺身上贴满符咒。那些黄表纸明显被反复撕贴过，边角卷曲发黑，朱砂绘制的符文在暮色中泛着血光。棺材盖板边缘残留着几缕暗褐色纤维，像是什么东西挣扎时留下的抓痕。还有几把黄铜锁，把棺材锁住。

如果是晚上，如果是一般人肯定会被吓傻了。可在我看来这玩意儿放在这里，就和网剧里的道具一样假。

我上前拍了拍棺材盖，出现咚咚两声，是实木的，我还以为是塑料的呢。

“别乱碰这个东西。”汪小姐马上制止了我，显得有点紧张。

老实说她这种反应反而有点吓到我了。

不过大概是怕我被吓跑了，她马上又露出微笑，向我说明：“嗐，你也别紧张，这棺材吓人，其实是种风水阵法，能保佑房主发财啥的，这些有钱人就信这些。不过得找个合适的人，在这里住一个月才能完成。”

放骨灰盒的房子我听过，放棺材搞风水的还是头回见，估计是盗墓小说看多了吧。反正跟我没啥关系，给钱就行。

我顺着她的话问：“这阵法有啥要注意的？”

她像交代工作似的说：“别碰着棺材就行。哦，还有这阵法怕电磁波干扰。所以才不能带手机进来。”

我问：“那邻居有 Wi—Fi 咋办？”

她扑哧笑了：“这儿哪有邻居，整栋楼就你一个住户。”

随后，她递过来一个厚信封。

“一个月不许出门，三餐外卖全包，这是预付款，干得好还有奖金。”

我掂量着那沉甸甸的信封，确认过里面真的有5000块后，傻乎乎地问了一句：“你们不怕我拿钱跑了？”

汪小姐晃了晃我的手机和身份证，意思很明白——跑不了。我点点头，算是服了。

最后我忍不住又多问了一句：“还有什么要注意的吗？”

“基本没什么事，不过这房主生意上得罪了人，可能有人来闹。”

我一惊：“啥人？不会还要我打架吧？”

我这并不强壮的身体可打不过别人，别到头来5000块连医药费都不够！

她忙摆手：“没那回事，那些人顶多骂几句、瞎胡闹，动粗不敢，法治社会，谁都不敢随便打人，不开门不就行了。真有事打110，屋里有固定电话，需要用时插上电话线。打完110记得再给我电话就行了。”

我琢磨，敢让我报警，估计不是啥违法勾当，稍稍安心了点。

她递给我一张A4纸，上面有她的号码，还有各种问题的应对“指南”。

就这样，我住进去了。这房子是小户型，除了客厅那口棺材，房间东西挺齐，床边还摆着一本《印斯茅斯之影》，像有人住过一样。

第一天，中午有人敲门，透过猫眼一看，是那个熊一样的司机，他扔下外卖就走了。

4.

本以为只要窝着一个月不但这 5000 块能留着，说不定还有奖金，可没想到第一天就出了怪事。

晚上 8 点左右，当时我正在卧室里看电视，是的，汪小姐嘴上说不能有电磁波之类，可电视还是能用的。

突然一阵怪声从客厅传来。

“咔嗒咔嗒”，我有些恍惚，断片了几秒，当意识恢复过来后，发现自己正趴在棺材上，像傻瓜一样正把耳朵贴在棺材盖上，就好像声音是从里面传来一样。

当然棺材里什么声都没有，我浑身一阵冷汗，太邪门了。

不，大概是今天还没吃药，都是潜意识作怪吧。

“咔嗒咔嗒。”

那声音又来了，这次我听清了，是从大门外传来的，是钥匙插进锁孔的声音。

我走到门前，没有贸然开门，而是先透过猫眼往外看。

门外站着个矮小的男人，40 多岁，个子不高，穿件皱巴巴的夹克，正低头对着锁眼摆弄着钥匙。

他手忙脚乱试了好几下，可门就是打不开。

难道是走错门了？

也不会啊，汪小姐说过，这单元就除了我这儿，没人搬进来过。想到这个，我决定不出声，先观察下这人下一步想干啥。

他试了几次都没打开门后，退后两步，掏出手机，打了一个电话。他用的是一种古怪的方言，我完全听不懂，只是看他骂骂咧咧的样子，估计在抱怨门打不开。

挂了电话，那人又转过身，慢慢靠过来，最后脸贴着门，努力想从猫眼往里面看。

那眼球跟我的眼球就隔着一层玻璃，死死地对上了。

“喂，里面有人吧！”

我站在门后没吭声，贴着猫眼盯着外面。

似乎是通过猫眼确认了我在里面看他，那矮个子后退了几步，嚷嚷个不停，说知道我在猫眼后装死，还说这是他的房子，我擅自换了锁占了他的地盘，这是犯法的。

我心里一紧，不会真是他的房子吧？

可转念一想，不对，如果真是他的，他早该去找锁匠撬门了，哪会在这儿磨蹭半天。八成是汪小姐提过的“闹事的”。

我喘了口气，跑回卧室翻出汪小姐给的那张“指南”。

片刻后，我回到门前，警告他别瞎闹，说我可是正经租户。

那家伙听到“租户”俩字，声音陡然拔高，像吃了枪药，反问我租谁的房子，谁敢租给我，非让我说清楚。

我按照指南上的套路，说签了一年租约，还说了房主的名字，让他有意见自己去找房主。

矮个子听到房主的名字后，气势明显弱了，低声嘀咕着房主的名字，不停地说不可能。

我盯着猫眼，看他那样子，心想这破纸还真管用。

可他也没走，开始怪笑，叫我小心点，还问我知不知道他为啥住在这儿，因为棺材里的那东西，只有自己才镇得住。

真是小儿科，大概也是看盗墓网文脑子看坏了，我又不是小孩子，还能被这个吓倒？

我也不和他废话，直接说再不走我就打 110 了。

那矮个子听到“110”这三个字，顿时歇菜了，留下一句“你等着”后，转身就跑了。

走廊的感应灯一闪一闪的，他的影子看起来就像一个瘦长鬼影。

我还趴在猫眼那儿瞅了半天，见他没回来，才算松了口气。

还好有那份“指南”，不然我还真可能被这货讹出去。

事后我接上电话线，给汪小姐打了电话。

“应该是那个人吧，他原来是住在这里，可他不在的时候我们把锁撬了。”

“那……那这里不是他家吗？”

“不是啦，他和我们是同行。”

“什么同行？”

“占房人啦。”

占房人？我头一次听说这词儿。汪小姐在电话里解释了半天我才明白：有人雇他住在这儿假装租户，签个长租合同。像这房子，原房主欠了债，房子被法院拍卖，新买家一看有租户，租约还合法，想赶人得赔钱。大多数人嫌麻烦，低价转手，房子就变相保住了，原房主能少还点债。

“那我呢？”我问。

“你也是占房人啊。”

“你们早就在诓我？”

“别说得那么难听，这是双赢，5000 块你不是收下了？”

现在我算是弄明白了。

新买主是“指南”上写的名字——张伟。

那矮个子是占房人，客厅的棺材不知是他还是原房主的，反正把张伟吓跑了。

张伟没办法，找了汪小姐的公司，以毒攻毒。她换了锁，趁矮个子不在，把我塞进来，看谁耗得过谁。怪不得要我在空白纸上签名，估计是弄了份新租约。

她问我怕不怕鬼，大概是自己人也不敢住，至于那套风水说辞，多半也是她编的吧。

可她为什么现在要告诉我实情呢？

算了，不用想这么多，我回了房间锁上门，掏出一粒药塞嘴里。其实比起神神鬼鬼，我倒是更怕那个占房人给我搞出点什么幺蛾子。

药效来得快，没一会儿我就迷迷糊糊睡过去了。

5.

接下来的三天，没啥动静，也许是那占房人放弃了。我每天按时拿司机的外卖，按时吃药，早睡早起。客厅那口棺材看着也越发显得可笑——反正锁着门就当它不存在，顶多是个黑漆漆的摆设。

我的睡眠变得越来越差。药物虽然能让我睡着，却挡不住噩梦——虽然我从不记得噩梦的内容，可我知道那是噩梦，因为美梦不会让我半夜惊醒。

以前医生说过我是抑郁不是精神病，我没疯，可我总觉得脑子哪儿堵住了，喘不过气。

第四天夜里，12 点左右，我正睡得迷迷糊糊，突然一阵声音把我吵醒。

“咚、咚、咚”，三下，不重，像是敲门声。

一定又是那占房人在搞鬼。

我走到门口，贴着猫眼往外看——走廊里黑漆漆的，啥也没有，连自动感应灯都没亮。

难道是我听错了？于是我又回到床上，趁着药效还在，闭上眼想赶紧睡过去。

可没过两分钟，“咚、咚、咚”，又来了。

我火冒三丈，蹦下床冲到门口，嘴上还不停地咒骂着。

贴着猫眼一看，和上次一样，还是没人。

这家伙一定就在附近，敲完就躲起来，成心折腾我。

如果我年轻十岁，一定早就冲出去，揍那浑蛋一顿，可现在我可不确定是不是打得过对方。“指南”上也写着，除了送饭的人，别开门。

我站在门口，看着猫眼等那人在那里敲门。

可这么做很可笑，我看到了又能怎么样？“指南”不允许我出门，大概是怕我出去了被占房人乘虚而入，而且谁知道屋内有没有汪小姐他们装的摄像头，为了钱，怎么都得认了。

不过敲门声总算没再响，我又吃了一片药，睡了过去。

第五天中午，司机来送饭时，我忍不住跟他提了这事儿。

他皱着眉问我是否确定是敲门声，不是别的啥。

我差点笑出来，和他说汪小姐早就和我说了占房人这行当，让他也不用瞒着我。我问他这种骚扰是否能打 110 时，他摇摇头，说除非真看到人，最好别报警。

我现在的活儿还属于灰色地带，跟警察打交道没啥好处。只要坚持一个月，让在这儿租住的事实成立就可以了。

司机走后没多久，大概下午两点多，敲门声又响了。

是那个占房人，他站在门外，嘴角挂着得意的笑。

“喂，里面那家伙，见识厉害了吧？”他隔着门冲着我叫着，“你再不滚出去，让我住回去，可就镇不住里面的东西了！”

果然是他半夜敲门吓我。

“少装神弄鬼，是你半夜来敲门骚扰我的吧。”

他一愣，随即冷笑：“吓你？这棺材里的东西我家三代养着的。你不让我进去，坏了风水阵法，小心那东西爬出棺材！”

这家伙还挺会编，自己明明就是个占房人，还在拿这套风水大师的鬼话骗我。

“你再胡扯，我打 110 了！”我又使出了撒手锏。

他叹了一口气：“怎么就不听劝呢，反正我提醒过了。”说完就走了。

6.

要说我不在意占房人说的那套，也不全是实话，可大体上是不信的。不过大概就是从那时起，我开始不怎么在客厅待着，对那口棺材有了些忌讳。

我也没当回事，直到半夜 12 点，又被那声音吵醒为止。

“咚、咚、咚”三下，然后又是三下，跟前几天一个德行。

不……这次不一样……声音一出现，我就跑到了客厅，所以我可是听得一清二楚，那声音不是从门口发出。

它……它的源头很明显是那口棺材。

确认了这点后，我愣在原地，一动也不敢动。

“咚、咚、咚。”又是三声，我能感觉到，这声音透过棺材板传递到空气中，又通过空气进入我的耳膜，然后是大脑……

我咽了口唾沫，难道这棺材里真有东西？

那小子说的“祖传的东西”是啥？人？怎么可能！死人就更扯淡了。可这声音哪儿来的？

我壮着胆子靠近几步，站得离棺材一米远，死盯着那黑漆漆的木头。

“咚、咚、咚”，又响了三声，像在回应我似的。

这次可真的吓到我了。退回卧室，我锁上门，靠着门喘气。

“咚、咚、咚，咚、咚、咚！”

棺材里的敲击声开始越来越响，就算隔着门也听得到。

我疯了，我这是疯了吧。

深夜上着锁的棺材突然发出怪声，而且……这几天除了我没人能接近棺材，我所学过的知识没办法解释这个现象。

但愿是我的精神出了问题……

因为那样……更容易接受一些。

敲击声大概又持续 2 分钟后，停了。

随后一个新的声音出现，它不再是那种“咚咚”声……

它变成了……变成了指甲抓木板的声音——尖锐、急促，像无数细小的爪子在棺材板上乱挠。这些声音听上去时快时慢，从中我能听出棺材晃动的声音，还有指甲断裂的脆响。

现在的我甚至没有勇气将卧室的门拉开一条缝，看看客厅的棺材到底发生了什么。

慢着，原来是这样……我想起来了。

药……今天……我还没有吃药。

我咽了口唾沫，跌坐在床上，抓着药就往嘴里塞，然后捂住耳朵等待药效发作。

“我有病！我吃了药！我马上要睡着！”被子里我不断复

读着这几句，用来对抗那些正在侵犯着我听觉神经的声音。

谢天谢地，10 分钟不到，不知道是被吓昏过去，还是药性发作，我睡着了，反正我失去了意识。

7.

第六天早晨，天亮了，我胆子也大了，进客厅，检查了棺材四周没发现什么异常，黄铜锁也是好好的。

好了，这下放心了，就算昨晚不是幻觉、就算棺材里真有东西，至少它不会出来。

中午司机来送饭时，我没等他走就打开门，对方似乎被我吓了一跳，我能从他的脸上嗅到恐惧。奇怪，这家伙在怕什么，又不是他和棺材一起睡。看他这怂样，我也不好问他这房子到底有什么问题。

吃完饭，我又接上电话线，拨通汪小姐的号码。

当然，我不会说半夜棺材里有声音，我不想丢了这份工作，更不想被送进精神病院。

电话接通后，我只是表现出自己也是盗墓网文爱好者，想知道这棺材是哪里来的，有什么阵法。

“嗐，那天我也就这么一说，哪知道啊。”

“你……”虽然和我想的一样，但她如此坦率地承认自己说谎，说老实话，还是有些出乎了我的意料。

“我说老马，那个啊，别介意。这单本来是我司其他人来做的，只是他们胆子都太小了，一天都坚持不下去。来来回回的，锁倒是换三次了。还是你行，这不都六天了吗？再坚持下，那个占房人就熬不下了，他也要向原主交代的。”

“好吧，至少能告诉我那口棺材是占房人带来的，还是原主拍卖前就放客厅。”

“这我可不知道，客户说拍下房子后就有了，占房人总会告诉我们实情吧。怎么？你碰到什么怪事了。”

“没有。”

“那就好，有什么就说出来，别藏着，都快是自己人了，太无聊的话想要什么可以提要求。”

对了，我需要那个，既然她这么大方，我也就开口了。

“这好办。明天就给你送去。”汪小姐也没多问什么，爽快地答应了。

明天的问题解决了，可今晚怎么办呢，至少我需要确定到底是不是自己的精神出了问题。

最后我琢磨出个法子，拿了个玻璃杯，搁在棺材边缘，一半悬空，要是棺材里敲击声不是我幻听的话，这杯子准得掉下去摔碎。

半夜 12 点，“咚、咚、咚”，敲击声又响了，紧接着“啪”一声，玻璃杯摔碎的那一刻，我整个人僵在床上，手脚冰凉。

“咚、咚、咚”，敲击声还在继续，它就在客厅，像在嘲笑我。

这不是幻听，不是药的副作用，是真的，里面的东西真的存在。

“咚、咚、咚”，接着又是那种难以名状的抓挠声。

我硬着头皮吃了药，准备睡过去，可就像版本迭代一样，抓挠声停了之后，竟然出现了一阵低沉的念佛声。

没错，就是那种大殓的时候会出现的大悲咒——“南无阿弥陀佛”的念佛声。

哈，如果是那样也还好，可……可念佛声又渐渐地更不对劲起来。那声音就类似……类似那种人类无法发出的音节。

我和所有恐怖片里的角色一样，用被子盖上头，在脑海里寻找着各种能让自己快速睡眠的办法，深呼吸、手脚放松……

没用，都没用，废话，如果有用我还吃什么药。

我想笑，害怕得想笑。就在笑容爬上嘴角时，我又愣住，因为我终于听懂了门外的念佛声。

不，那不是念佛声，那是一种我很熟悉的语言——

“德夫……释放我……左括号……右括号？”

“如果……真……冒号？”

“打印……左括号……引号……放我出来……引号……右括号？”

哈哈哈哈，是一段 Python 代码，只不过是用念佛的语调配合哀乐念出来的 Python 代码。

当时我的心情谁能明白？这世界上还有比这更滑稽，同时又这么可怕的事情吗？

那个东西……它……它在用Python代码，要求我放它出去。

我不想思考，我需要放弃理智。

5000 块，5000 块，5000 块！

我开始强迫自己的每一个脑细胞里就只有这数字。

接着更可怕，或者说神奇的事情发生了。

现在，就算自己闭上眼，透过被子也能看到屋内的情形。

黑水……黑水正沿着门缝往房间里蔓延，很快，我就被它淹没了。

不可思议的是，此刻整个房间变成了水族馆或者说鱼缸，但我还能呼吸。

门无声地被打开了，一团人形活物游入屋内，光线太暗我没看清它的样子，勉强能辨认出它有着人类和某些水生动物的特征——类似深海鱼类的头部、人类的四肢与躯干，还有手脚上的蹼爪。

它凝视我，念着那段 Python 代码……

8.

第七天，“咚、咚、咚”，我被一阵敲门声吵醒，一看床头的钟，已经 12 点了，应该是司机来送饭了。

通过猫眼确认后，我打开门，除了当天的食物外，还有一个包裹，里面正是我需要的东西——降噪耳机。

既然确认过全身没有少什么零件，也没被弄湿，如果不是那个破碎的玻璃杯，一切都可以当成幻觉。

不管怎么样从第七天开始，天一黑，我就戴上降噪耳机，锁上卧室门，我不想冒险。

至于上厕所，我在厨房翻出几个空饮料瓶，虽然很恶心，至少能解决问题，不用冒险半夜去厕所。

这晚不知道降噪耳机发挥了作用，还是幻觉消失了，总之我没听到也没看到奇怪的东西。

当然，我也有准时吃药。

一周来，我头一次睡了一个好觉，没有噩梦。

接下来的日子就没什么可说的，靠电视和房间里的书来打发时间。

说起这书，我想起那晚看到幻象之前，我的确看过那本《印斯茅斯之影》，大概那个半鱼人的形象就是我的潜意识在作怪吧。

一个月时间眨眼就到，汪小姐带着司机来跟我交接。

我正收拾东西，门一开，差点没认出来——那个矮个子占房人就站在他们身后，低着头，垂头丧气的。

他说真没想到我能撑到现在，我当然是不会承认听到和看到那些东西的。他说他也是程序员，如果不是因为大龄被裁，也不会干这行。原来还是同行，瞬间我明白了点什么。

占房人之后还说了一些奇怪的话，说什么我年轻 20 岁，一定会理解他的。

开什么玩笑，我才 40 多，和他差不多。

当我说出“如果我年轻 20 岁，一定会把你暴揍一顿”后，对方收了声，开始指挥带来的两个工人模样的人搬那口棺材。

我看两个工人抬着那口棺材跟扛个空箱子似的。当然，我也没搬过，谁知道呢。

搬完棺材后，汪小姐拿出一份合同，递给那占房人签字，应该是租约解除合同吧。他签完，汪小姐又掏出个信封塞给他。

就这样汪小姐这单占房的生意算是做成了，之后我也莫名其妙地正式成了占房人。

事后，关于那些“幻觉”，我想出了一个合理的解释。

首先那棺材的确是占房人带进来的，这样有两个好处：一来，他不在家，买主也不敢随便动这晦气玩意儿；二来，就算他外出被人撬了锁，换了新租客，半夜棺材里的“装置”一启动，谁受得了。

那个装置应该就是类似无线音箱的东西吧。那几天晚上占房人在那栋屋子的墙外，用手机启动音箱播放敲门声、抓挠声。

对了，还有 Python 的念佛声，如果他没说自己是程序员的话，我还真想不到。

至于黑水和半鱼人的幻觉，就和我前面说的，白天看了奇怪的小说，日有所思，夜有所梦吧，只能这么解释了。

什么？你说玻璃杯怎么会碎？

呃……我想想……

可能是我梦游时弄碎的吧，否则还能是什么？

你问我这头发怎么白的？

就是在那房子里白的，我也不知道为什么，大概是被幻觉折磨得厉害吧，真是天晓得。

9.

以上就是老马自述的故事录音，他的故事不乏疑点和矛盾之处。

因为到了现在，只要天一黑，他一进房间就会戴上那副降噪耳机，就像是怕听到什么似的……

也许，棺材里真的有什么直到现在还跟着他，那些可怕的声音和呓语也许从来就没离开过老马。

也许这一切就像老马说的，“天晓得”。

图书在版编目（CIP）数据

18 号公寓 / 秦森主编 . -- 北京 : 新世界出版社，2025. 9. -- ISBN 978-7-5104-8173-4

Ⅰ . I247.7

中国国家版本馆 CIP 数据核字第 20252TU246 号

18 号公寓

作　　者：秦森
选题策划：漫娱图书　马飞
责任编辑：楼淑敏
执行策划：宋旖旎
校　　对：宣慧　张杰楠
装帧设计：吴琪　孙惋　熊婧怡
责任印制：王宝根
出　　版：新世界出版社
网　　址：http://www.nwp.com.cn
社　　址：北京西城区百万庄大街 24 号（100037）
发 行 部：(010)6899 5968（电话）　(010)6899 0635（电话）
总 编 室：(010)6899 5424（电话）　(010)6832 6679（传真）
版 权 部：+8610 6899 6306（电话）　nwpcd@sina.com（电邮）
印　　刷：武汉市卓源印务有限公司
经　　销：新华书店
开　　本：889mm × 1230mm　1/32　　尺　　寸：145mm × 210mm
字　　数：158 千　　印　　张：6.5
版　　次：2025 年 9 月第 1 版　2025 年12月第 2 次印刷
书　　号：ISBN 978-7-5104-8173-4
定　　价：48.00 元